百剧宴

一位资深观众的京城剧院写生

齐一民 著

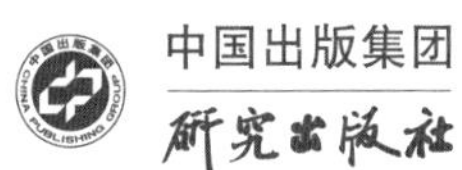

中国出版集团
研究出版社

图书在版编目（CIP）数据

百剧宴：一位资深观众的京城剧院写生 / 齐一民著
. -- 北京：研究出版社，2022.11
ISBN 978-7-5199-1384-7

Ⅰ．①百… Ⅱ．①齐… Ⅲ．①随笔－作品集－中国－当代 Ⅳ．① I267.1

中国版本图书馆 CIP 数据核字 (2022) 第 224815 号

出 品 人：赵卜慧
出版统筹：张高里　丁　波
责任编辑：张　琨

百剧宴：一位资深观众的京城剧院写生
齐一民　著
研究出版社 出版发行
（100006　北京市东城区灯市口大街 100 号华腾商务楼）
北京云浩印刷有限责任公司印刷　新华书店经销
2023 年 1 月第一版　2023 年 1 月第一次印刷
开本：787 毫米 ×1092 毫米　1/32　印张：8.875
字数：170 千字
ISBN 978-7-5199-1384-7　定价：42.00 元
电话 010-64217619　64217612（发行部）

目录

目录

目录

（一）

歌剧《采珠人》

剧场：国家大剧院 · 歌剧院

时间：2019 年 5 月 19 日；星期日

法国作曲家乔治 · 比才真是个鬼才，不过鬼才只活了 37 岁。

可以说，我是跟着比才“走上”欣赏歌剧之路的。那是 30 多年前，大学的大教室，女指挥家郑小瑛引领我们听《卡门》之后，我又去天坛剧场现场看她指挥《卡门》。从那以后，我误以为只要是歌剧，就是《卡门》级别的，没有边角废料，都是娓娓动听之音，后来发现我错了——自从听了瓦格纳的几个破烂歌剧之后（要挨骂了！）……因此，在古典音乐广播里听说大剧院要上演《采珠人》时，我还是额头飘疑云——没听说过比才除了《卡门》还有别的剧呀？！今天我去听了，听第一耳朵，就知道——这是比才写的。

《采珠人》的音乐可以用“妖艳”二字标签，没有败笔闲笔。“败笔”不用举其他例子，听过瓦格纳就行了。“没闲笔”呢？就是在叙述故事情节的时候，在那些明明不会有什么美音预期之处几乎没怎么滞留，也不特意炫技，感觉就那么的舒服——具体不表了，显出我的不专业。我还想了一点专业人士想不到的，就是：西洋歌剧和咱们的京剧、越剧、昆曲之间的异同——都有故事吧，都唱吧，都有乐队吧，但西洋歌剧没有的，可能是咱们那些固定的曲调和规矩——比如“二黄”“西皮”。也就是说，歌剧作曲家可以任由思想旋律驰骋，——想得好、想得美的是法兰西的比才，想得不好、想得歪的，就是德意志的瓦格纳！

用作诗来比喻，西洋歌剧是现代诗，不讲究啥清规戒律，中国传统戏曲是古代诗词，写作时，受平仄曲牌的制约。

比才是鬼才，鬼才死时，才 37 岁。他因《卡门》受了百般批评抑郁而死，没想到他死后，《卡门》倒变成了世界最美妙的歌剧。

《卡门》《采珠人》开头情节都是悲剧，不同的是，《卡门》将悲剧贯彻到了最后一刻——人死了；《采珠人》呢，最后一分钟男女主人公死里逃生。

中国的悲剧，有《窦娥冤》《桃花扇》。

《窦娥冤》不是歌剧，是说话的剧种，按说话剧应该比歌剧好写。反过来说，歌剧、京剧、黄梅戏——连唱带表现故事情节的艺术形式，在创作上就一定比话剧难吗？我没写过，没发言权。

西洋歌剧和中国的传统戏曲相比，作曲上可能有难有易：先说容易的，西洋歌剧不受曲牌规矩限制；难的呢，是绝对不能讲话，只能够唱，所有道白都必须用曲子陪衬，这就显出作曲家的功力了。

今晚我竖着耳朵细听，我听见比才每个相当于道白的叙事，都在精美背景音乐的陪衬下完成，这才是高手，这就是比才。

这种驾驭能力，谁能和比才相比？

他这 37 年，没白活。

（二）

话剧《鸟人》

剧场：隆福剧场

时间：2019 年 5 月 22 日；星期三

1

去年在一次介绍捷克作家赫拉巴尔的读书会上，曾见过《鸟人》的编剧、导演过士行先生——他的确姓“过”。于是，我惊奇于国人姓氏之丰富。记得那天，过先生说在他那个年纪，比较关心的就是离死亡还有多长时间。

过先生长我 10 岁，个子不高，微胖，笑容可掬，人称“过爷”。“过爷”祖上是围棋国手，因而他十分聪慧，那股子智慧，被他写进了戏剧的台词。

《鸟人》不属于喜剧或悲剧，应算是荒诞剧，但荒诞得没有太厚重的情感基础，显得只是荒诞，甚至荒唐了。

《鸟人》的长远价值，我想，在于记录下北京人曾有“过”的风俗——拎着笼子遛鸟，之所以用引号将“过”字圈了，是由于那已经是过去的事情。

从前，复兴门往北的路边上净是遛鸟的人，整日叽叽喳喳的，而今呢，这里变成了钱币“哗啦哗啦”的“金融街”。

《鸟人》前两幕扣的主题是“鸟和人”的关系，第三幕就跑题了，变成了“京剧和人”，让一个大花脸演员“三爷”把“鸟儿们”的风头彻底压倒，于是，荒唐的效果就显现了——看到剧尾时，竟把剧头给忘了——没能贯彻好剧中的线索呀！

还有，《鸟人》是1991年写的，其中有许多那年头的噱头——比如弗洛伊德心理分析，现在再看时，已觉得不再能吊人的胃口。这可咋办？老剧怎么才能超越时间、用同样的“老树枝”培育出新的诱人之花？

《鸟人》并没能做到。

因何呢？只是用逻辑模块，玩弄一块之上再摆放一块的“荒诞游戏”，就像搭积木似的，却缺乏能撩拨人心的情感基础！

这是很多所谓“现代派荒诞剧”的通病——比如在人艺小剧场看过的那些孟京辉导演的先锋话剧，像《恋爱的犀牛》。哦，巧了，今晚除了第二次见到“过导”，还几次与长相非常接近“孟导”的一位长发男子相遇——那不会就是他吧。

人年岁半老之后，对那些“逻辑游戏”和太任意的“机械荒诞”已经略感恶心，至少是乏味，特想看点有情理基础的“真货”。

我想到了自家小说《马桶三部曲》，那里面有多少精彩纷呈、能在舞台上展现的喜剧场景呀。

尽管对《鸟人》不甚满意，但我不得不承认，作为姜文导演电影《太阳照常升起》和话剧《天下第一楼》的编剧的过士行——“过爷”，他身上老北京“爷”的范儿，是难得和稀缺的。

因为话剧的确很难写——即便是这部很闹腾的《鸟人》。

2

在今日（25 日，周六）《鸟人》团队下午与观众见面时，“过爷”（过士行先生）说他的《鸟人》之所以成于 30 余年前、今天却仍能老树生发新枝芽，原因是《鸟人》中含有四方面的元素：

1）民俗——养鸟；

2）其他艺术形式——京剧；

3）新理论——心理分析（戏里有一个归国心理医生）；

4）新工具——科学（剧里有一个鸟类研究专家）。

过先生说一般养鸟的，绝对不会唱花脸；过先生说一般会唱花脸的，肯定不养鸟；过先生又说即便某个唱花脸的也养鸟，却基本上不懂弗洛伊德；过先生最后说弗洛伊德哪怕会养鸟也能唱京剧演武生，但他注定不是科学院鸟类权威……

而能把以上“四项全能”都收入囊中的，全球只有一个——“过爷”！

不过，我倒是又仔细反刍了一下“过爷”的“最稳定结构”，试图找出即便《鸟人》的“时代抗老性”那般强悍，我瞧戏时却还老是瞌睡的原因。

我终于寻思得半明白了：“过爷”的“作品驻容术”从结构上看，没错，是禁得住时间的冲刷，比如，哪怕30年后北京遛鸟人都“死绝了”（不好意思，用这样的恶语），但《鸟人》里的后三个“元素”还在——京剧不会灭绝吧；科学不会去世吧；只要地球上还有人类，心理分析就不会消亡吧……

但是，《鸟人》的“硬伤”恰恰也就在这“东西视角兼顾、四个要素俱存”上面——不专一，太杂了。

你想，你去餐馆想吃一次极品菜肴的话，你希望侍者端上来的那道梦想大菜中既有法国的蜗牛，也有美国的土豆泥，还有四川的麻辣烫，更有日本的纳豆吗？

单单鸟的故事——百灵鸟和一大堆的“鸟人”们，诚然不足以成为托起几幕剧的大梁，但前半场“鸟”来“鸟”去、后半场却忽然转变为京剧花脸震耳欲聋的大戏，尽管热闹痛快，令人目不暇接，却也使人一头雾水，无所适从。于是，就不自觉地瞌睡上了。

这么一分析，我终于不再觉得自己是提早精神麻痹和亢奋不起了！

其实，“过爷”的“四驾马车保鲜术”是不难理解的，也起到“抗时间癌症”的功效。因此，《鸟人》并不是噱头不足，后半场笑声依然时起，但那其中并不包括我的。我有种吃自助大餐的感觉：酸辣咸甜都往肚子里塞，也撑饱了，却总觉得哪儿不对劲，不如单独地吃上一道地道正经菜肴——比如生煎臭豆腐——来得过瘾、有味儿。

但是，还是要庆贺过士行先生的《鸟人》能再次在隆福剧场奋起涅槃——连鸟带人。之后他别的戏再现——比如《厕所》复排时，我依然要来——这是毫无疑问的。

提起话剧《厕所》，我还真有话说。首先，我有一部藏书。其次，过爷说写《厕所》时起先没有舞台表现的概念，不知道上场几个角色们的屁股究竟是该朝着哪个方向撅——比如应该朝上、还是必须朝东南西北中。还是著名人艺林兆华导演有实战经验，告诉他哪儿都别冲，就让屁股们冲着席上的观众……

由此，我在乘地铁返家的路上一直提醒健忘的自己，赶明儿买《厕所》票的时候，千万别买头一排的。

（三）

《卡门》歌剧音乐会

剧场：国家大剧院·歌剧院

时间：2019年6月16日；星期日

昨天是父亲节——老齐我的节日。巧了，手里有张去大剧院听《卡门》的票，就对老伴说："不想让他们大操大办，可他们偏要在大剧院给我唱堂会，嗨！"

意外的是"池座2排"的票。从前我到大剧院，由于老买最便宜的票，都习惯从空中看舞台了，冷不丁坐到了以前总是觉得神秘兮兮的那群最前端人士之间，还不能适应，有点从卡车的驾驶室中一下子坐到了矮小奔驰车里的不自在。

从池座看指挥原来是平视的。指挥叫李心草，是个头发有点像草的后生，且瘦弱。可能是演出服没做好，皱皱巴巴的，音乐都响了三四分钟，他还没如其他指挥那样大摇大摆舞动起来，乐队动他仍旧纹丝不动。于是我琢磨着，可能是黄白色演出服把他裹得太紧、褶子没熨平，人就抡不开，我甚至就以为他和我一样，是个业余的音乐爱好者。过了一个时辰之后，他的激情终于被卡门煽动和撩拨起来了——唱卡门的是位来自白俄罗斯的性感微胖女中音。于是，小李指挥的表情身姿，也跟着到了该到的位置。

说起小李指挥，我想到了大李指挥——李德伦。我猜想，偌大个剧院，亲眼见过李德伦指挥的人，恐怕没有几个。

我最后一次见李德伦是在协和医院，李指挥在轮椅上，我问他好，说您还记得去我们学校讲授交响乐课吗？李指挥朝我摆了摆手。

不久，大李指挥就告别人间。

那位卡门歌唱时声音巨响，会让你误以为，人的身体本身就可以变为一个独立的大音箱。

我还思考，为何唱西洋歌剧的人个个都相貌堂堂，脸盘也都比一般人大一号——都有一张“歌剧脸”？

歌剧的角色高低，的确是能从歌者的身材相貌上分出个大概的，比如那些个小角色——配唱的，哪一个都没有帕瓦罗蒂那样身材圆滚，而且相貌也没有老帕那样堂堂和光鲜。因而，我确信好的歌剧演员是自带肉质音响和天然脸谱的。

京剧的脸谱，据说是为了让黑灯瞎火里瞧戏的观众从远处能识别演员的角色性质而做的，是“角色 logo”，那么，西洋的歌剧也相仿，可以从演员的相貌上看出哪个角色具备英雄气质——如哪个是斗牛士，哪个是魔女妖女——如卡门。至于哪个角色是猥琐和邪恶的，还真没京剧那么特定。

比才的才，在评《采珠人》时候说了。《卡门》整场下来，我一直在细琢磨，他谱的那些唱段，究竟哪一段是败笔、闲笔，答案是——还真没有。

在这么近的距离，昂着头，观听那么多人轮番轰炸似的为你庆祝“父亲节”——时而激情澎湃、时而呼哧带喘、时而表情凝重、时而气宇轩昂地唱啊、拉啊、弹啊、敲啊、打啊——还真能把你带入“你是神父”的境地，这就是西洋歌剧的魅力，让你俨然是个好父亲了！

但我要排斥压制这些虚伪、无用的情绪，我想做的是歌剧的评论对比。

哦，忘提了，听歌剧音乐会——如《卡门》这样的，假如没有先前看真歌剧的底子，假如不知道剧情，你等于瞎听。因为每听一个段落，你都要在脑海中复原那段故事在真正戏剧舞台中的模样，你心中要有剧里的景象，才知道这一段因何唱，唱什么，为什么唱它的人是那般倜傥和风骚。

当然，我的法语也帮助了我。须知道，这些都是留了欧洲的歌唱家，人人在用法语演唱，虽然不地道，但味儿，是有了。

（四）

时隔整十年，再看《图兰朵》

剧场：国家大剧院·歌剧院

时间：2019 年 6 月 22；星期六

1

昨晚大剧院，大剧院版的“图兰朵”，主演是莫华伦和孙秀苇。而我是隔了十年才再看《图兰朵》的——其实，这也不太重要了，更重要的是，我差点想不起来 2009 年在鸟巢，看的究竟是《图兰朵》，还是《阿依达》了。于是，去翻了当年写的博客。我先去查即将付梓的《余力还开着电梯》（长篇博文集《雕刻不朽时光》第四部），因为那篇文章按写作时间——假如在，就应在那里。果然找到了！你看，就是它——我 2009 年 10 月写的《图兰朵》观后感：

《图兰朵》之后的北京

（2009 年 10 月 8 日凌晨；星期四）

昨晚带着妻女在鸟巢看过张艺谋导演的歌剧“图兰朵”之后，我家的 60 年国庆庆祝活动，就算告一个段落了。望着残月之下鸟巢、水立方秋风散落状的倩影，我想到的是，一场长达数年的北京派对——Party，从此就要终结，就要 Over。就是说，北京从此，在可以预见到了很久很久的未来，再也没有大的、举世瞩目的盛宴，再也没有被激情燃烧被冲动和等待煎熬了 8 年的奥运，没有 60 年才一度的国家民族的大寿。而明年，上海即将以“阿拉上海您”——接过大游戏的场子，中国的世界的主要的目光，将朝长江流域转移而去。

从 2000 年开始的北京城这两场世界级的巨大宴会，这晚餐、这餐桌上的所有的一切一切，随着《图兰朵》中莫华伦高唱的“今夜无人入睡”，而达到巅峰。然后，北京这个伟大城市，就遁入平缓的成熟和中年期。由此，江河开始从少年上游的冲动冲锋和激荡跳跃，滚滚的，进入下游慢慢平静的流淌，北京的巅峰已到，北京的绝顶已达，北京火热的激情——和世界一同燃烧的炙热、和全球同步长袖起舞的狂放，从这一夜开始，就在有人入睡和无人知觉的一分一秒的滴答声音里，远去了，久远了，融化了，稀释了，无主题了，落成了，完成了，焦距不再了，风化了，成为记忆里的了，静悄悄收场了。

或许，这是北京城百年中和百年后最风流的一段风光的日子里，最后的一个残夜?

当我开始寻找差点被遗忘的十年前《图兰朵》的经历和踪影的时候，我写的那个“观后感”的复活，就已经超出了戏剧本身的意义，它牵扯的是：我怎样原封不动地、认真地保留自己生命的每一段经历，以及时代过往的痕迹。

刚过十年，就不记得了?

2

《图兰朵》是普契尼临终时写的，没写完，被中国当代艺术家，又接续了最后的 18 分钟。

普契尼的“东方情结”，在《蝴蝶夫人》中表现得淋漓尽致，那是我最喜欢的歌剧之一——如同喜欢比才的《卡门》。但《蝴蝶夫人》已经有那么多年没演过了。

老实说，《图兰朵》除了“今夜无人入睡”，没有太美的歌。好像看了两幕之后，就在等那首歌出现似的。绝大多数西洋歌剧不都是那样吗?哪像咱们的“革命现代京剧”（样板戏），比如《红灯记》里，每个唱段都是经典。

为了写好这本剧评，我搜集全了各个时期的戏剧评论，其中有一本是“文革”时出的，名叫《革命现代京剧评论集》，里面有一段话：“剧本，剧本，一剧之本”，那句话是很对的。

普契尼在留下“今夜无人入睡”的绝唱之后，就撒手人寰了，的确，那是全剧最“提神”的唱段。

全剧最后 18 分钟是中国艺术家郝维亚的“续创”，你看完“续创”部分之后，再回味前面普契尼谱写的那些，还是觉出其中差异，还是普契尼的更优美。

即便同为普契尼的作品，也不能老拿《图兰朵》跟《蝴蝶夫人》做比较，其中的唱段实在是太好听。

听《蝴蝶夫人》最好去日本，20 世纪 80 年代我在东京看过日本女歌唱家演的“蝴蝶”，之后我又去长崎走访故事发生的那个港口。

蝴蝶——东方女人的彻底悲剧。

3

在这部《图兰朵》中，东方女人——那个公主，却是个恶魔女，冷血人。因为她，那么多王子丧命屠刀之下。

剧情不细表了。

最后，莫华伦（十年前也是他）猜出了那三段“夺命题”的谜底：希望，热血，你——图兰朵。

于是，他（鞑靼王子）就没死。

他（莫华伦）的艺术，也没“亡”。他又演了十年。

有一个语言的细节：你看英文的字母，同时听舞台上的意大利文，你发现他们唱了很多的“Peking——北京”。也就是说，普契尼认真地想为咱们北京写一个大戏，它如同“赵氏孤儿”，是西方人做东方梦的平台。还有，其中有那么多次“茉莉花”旋律的变奏；十年前在鸟巢时看“张艺谋版本”时，没觉得这么频繁。

“中国元素”被使劲塞进西洋人写的“东方剧”中，真是用心良苦。

总体来说，2019 年版的《图兰朵》是成功的，它揉进了，这十年来的亮色。

（五）

接近李幼斌、细观“李云龙”——《老式喜剧》观摩

剧场：人艺小剧场

时间：2019 年 7 月 10 日；星期三

昨晚在人艺小剧场终于看见了活的“李云龙”——李幼斌。他和妻子史兰芽演出了二人剧《老式喜剧》——苏联剧作家 20 世纪 70 年代写的。

至于剧本写得如何的棒、李幼斌夫妇演得怎样的好，报纸上都说过了。我更想说的，是和“李云龙”几米近距离接触的感觉。

李云龙是《亮剑》中的大英雄，是个真爷们，我想，几乎所有国人都有点“李云龙情结”，在这些思绪的铺垫下，我静候着他的出现。小剧场，舞台近在咫尺，黑灯瞎火，开演前，等灯一亮，他已经背对着我，坐在了那里。

他声音极佳，低沉而有穿透力，是标准的话剧专业嗓音。

开场时，“李云龙”很安静，其实，整剧中他也是如此，他的野劲儿被剧本套住了——他演绎一位 65 岁而且心脏不健全的疗养院医生。

然而，有那么几个小情形，“李云龙”回来了，他扯着嗓子骂娘的那股子劲头暴露出来了——但那只是片刻，那么一急、一嚷嚷，他心脏马上出事。

于是，我没过足看“独立团长”闹腾的瘾。

在谢幕最后的一瞬间，“李云龙”调皮的样子被李幼斌秀了一下，他半个身子躲到幕帘后面，用半张脸，给观众了一个笑眯眯的鬼脸——其实，那才是“李团长”的本真。

史兰芽配得上是“李云龙的女人”——无论相貌还是演技，其实昨晚那场戏，她应是真正的明星。

（六）

倪大红主演的《安魂曲》——都挺好！

剧场：保利剧院

时间：2019年7月19日；星期五

倪大红是“老来红”。昨晚一走进保利剧院，你感受的不是《安魂曲》，而是“红红”的味道——各种的“大红衍生品”在销售中，甚至包括“给红红打call”的标语牌，连我都买了几样：一件大黑而不是大红色、带有“红红头像”的T恤，一个倪大红“面瘫脸”的胸牌，一个手提布袋子，然后，把“红红衫”和胸牌直接塞进“红红袋子”里面，旁人笑道：“您的口袋直接派上用途了！”

等戏散了再出来看时，那些琳琅满目的“苏大强艺术品”卖得精光。你看，人家“红红”有多红火！

都是让《都挺好》给闹的。

倪大红年近耳顺之年才开始大红大紫，我佩服其人，莫非是因为他考中戏考了四次、俺老齐“晚年考博”也是第四次之后才勉强上位？还是预兆着老齐俺的书也会在两三年后大红大紫而成为“齐大强”？

都是，也都不是吧。

说回正事——《安魂曲》。我正研读着契科夫，缘分吧，《安魂曲》是犹太人汉诺赫·列文利用契科夫三个小说的原材料合成加工而成——第一次知道还能这么编剧，但的确编得成功——成功地把即将死去和已经死去人们的“魂儿”，给通通安放了。

舞台上倪大红手里总拿着个大算盘，老是用它计算买棺材的利润得失。连他为老婆打造棺材时，还嘟囔着：“给老伴做棺材，这算是收入、还是算支出呀？”

典型的犹太思维！

对剧里出现算盘我有些疑惑——那是咱中国人发明的呀，等看了介绍，才知道那是掺进去的“中国元素”。

大红和李幼斌一样，不愧是话剧科班，台词好，造型好——他原本就是“面瘫脸”，用那副“死面子”塑造一个靠打造棺材为生的老者，真可谓选材得当。

其实，倪大红的真本事，是不演、是没表情，但你我做不到。脸三分钟不动弹——你就休克了，而他不。

由以色列人编剧导演的《安魂曲》，有股浓浓的“犹太味儿”，俺这鼻子，可是和犹太人交往过十年而练就的。

他们聪明，他们会打算盘（算计），他们有远超其他民族之上的艺术敏感和表现力，这一点在《安魂曲》里表现得淋漓尽致。

我总结一下，《安魂曲》是为数不多的“各方面都到位”的剧，哪些方面？台词、表演、舞台设计、灯光音乐……

台词属于文学——内容上的，是剧的核心，是故事；

表演取决于参与的人物——演员；

舞台、灯光效果和音乐——属于舞台特有的元素，可归结为“形式上的”。

将“内容（故事）”和“形式（舞台表现手段）”完美结合起来，不让人感到二者不搭、不相互适应、在一起不舒服——那才叫成功的“导”和成功的“演”。

这个以色列导演和他的中国搭档（其中有濮存昕），在《安魂曲》中文版上，可以说做到了“内容形式完美结合”，看上去内容好、形式美，形式虽然美却不自嗨，内容中有形式，形式本身就是内容，一句话：

——都挺好！

也有都挺不好的——绝大多数我从前看过的那些“先锋派戏剧”，都有“形式是形式，内容是内容”的脱节感，不甘寂寞的“形式”经常会忽视“内容”，而孤芳自赏。

比如李六乙导演的《樱桃园》，我去年在人艺看的，里面也有濮存昕。李导游竟然让濮存昕在台上足足“僵死”了五六分钟，五六分钟里台上演员都木头似的没台词无动作，台下观众呢，也鸦雀无声，好像全一起被装进倪大红打造的巨大剧场棺材里面，那，可真安魂呀！

但那还是契科夫吗？还有幽默和机巧吗？

长达五六分钟台上台下“一同死机”——导演可能以为那叫作“艺术的深沉深刻”，我看倒是导演在浪费演员的舞台上功夫和观众的财富光阴。

时间虽不完全等于金钱，但也不能想花就花，何况，还不是自己的呢！

糟糕的戏——以李六乙导的《樱桃园》为例，让形式——话剧的表现方法，和内容——要讲的故事脱离，让马车把要拉的主人给摔了甩了，结果马儿自己玩自己的啦。

一句话，那样不仅不都挺好，而且绝对不好！

（七）

冯远征主演的《杜甫》

剧场：首都剧场

时间：2019 年 8 月 14 日；星期三

记不得第几次看冯远征演出的话剧了，第一次看的还是 2000 年，他和何冰、吴刚在人艺小剧场演的《三人麻将》。

《三人麻将》中最让人佩服的是他们三个背诵台词的功夫。台词大段大段的，而且特别抽象，我当时怀疑：演员知道他们在说着什么吗，太深奥枯燥了。

《杜甫》的台词也不好记，古典，拗口。

《杜甫》和看过的《李白》出自同一编剧之手——郭启红先生。

李白是濮存昕演的，这样，我就凑齐了濮存昕的李白和冯远征的杜甫。

他俩谁更伟大？

在濮存昕和冯远征之间比较吗？不，在李白和杜甫之间。

从前觉得是李白，越老越觉得应该是杜甫。杜甫既有“窗含西岭千秋雪”，也有“茅屋为秋风所破歌”，有阳春白雪，更是下里巴人。剧里说的好：测量一个诗人的尺度，是慈悲之心。这一点，杜甫肯定有“圣心”。他同地上匍匐的野草一样，尽管卑微，却能感知大地。

杜甫的诗，在当时高适编纂的诗集中竟然没有一首，他是个“编外”的“不入流”的诗人——主流的“流”，因此别人对他说：“你死后再出名吧！”

杜甫是“饿极噎死”的，俗说：“吃饱了撑的”而死。

诗人本无用，有用莫作诗。

不说杜甫了，说说表演的事儿。

和20年前比，冯远征已有些苍老，这正好演老年的“杜二”，他和妻子梁丹妮同台，把“全家”亮相给观众。

有趣，不久前李幼斌也携妻演戏。

梁丹妮演得可不比冯远征差，那是谁带着谁玩儿呢？

还有扮演高适的于震——我管他叫“大长脸”，北京娃，龙套出身，而今“混上”话剧最高台，可贺！

至于剧本，写得中规中矩，如冯远征说：“戏剧冲突不明显。”

历史剧不好写，最爱田汉的《关汉卿》——好像是去年看的吧。今人和田汉时期比，对古典已经相对陌生，写成《杜甫》已经不易，更何况写好呢？

（八）

法文版音乐剧《巴黎圣母院》

剧场：天桥艺术中心

时间：2019年8月17日；星期六

这可是全法文、原汁原味的《巴黎圣母院》。因而，作为合格观众，你必备法语。

20周年纪念版。上次来北京是2002年，其中只有一位——扮演弗罗洛副主教的丹尼尔（“丹叔”），他已经70岁了，是“北京二次会”。

70岁的他看吉卜赛少女艾斯米拉达的心境，比起他50岁的时候，是否更加“副主教”了呢？谁知！

《美人》（Belle）——发音和中文的“美！”多么的相似。

这句“Belle!”是从卡西莫多嘴里吐出来最重要的一个字，也是全剧的“剧眼”。

但美丽归美丽，爱情不是过日子，我怀疑，即使最终卡西莫多和艾斯米拉达真的相亲相爱，最终成了家，那个家，也是个“泡沫家庭”——这和《卡门》悲惨结局兴许差不多。爱，是什么？是火柴的瞬间燃烧，烧一阵子，就会到达手指，就得赶紧扔——当然，我说的是“法兰西式速效救心浪漫”。

《巴黎圣母院》看下来的感觉，就是带着那种法式极端情绪在海拔 5000 米之上乘过山车一路亡命冲锋的样子。

全剧第一个唱段就把你的血压“呼”地顶到了 180，然后，更高，更险，一直不停，情绪始终激昂，法语的短促和跳跃，一串串美丽清澈的音节——这可是法语才独有的啊——让你的心电图随着一波波情感高峰呈现稀里哗啦的波形，一刻不停地冲刺，到下一个、再下一个峰顶……你出现明显的“情感高原反应”——头疼、呼吸急促、心跳过速……

突然，中场休息 20 分钟。

回来后，又一个“马赛曲”式的高调，再拔高，直至卡西莫多的嗓子蘸着惨红色“生死恋”的血浆——号得劈裂，再也发不出任何声音……

于是，全剧戛然结束，全体演员谢幕——舞台上下随着格兰古瓦（角色名字）的起头，再次齐声唱响那首耳熟能详的《巴黎圣母院》“院歌”。

Belle——!

（九）
葛优主演的话剧《默默》

剧场：国家大剧院 ·戏剧场

时间：2019 年 8 月 24 日；星期六

这是我第二次见到了“活的”葛优。第一次是十多年前，在杭州到北京的夜车上，我们同一节车厢。他一个人，头锃亮，却没人理他——名人嘛。

我也见过他老爸老妈——葛存壮和老伴，在天安门广场，那是 2009 年的国庆。

葛优不愧是影帝级演员。他在《默默》里戏份儿不多，演“灰衣人”的头头，是个反派，但从始至终他都是灵魂样的存在。何况，只要他磁性的声音响起，即使同女主演万茜及绝大部分后生演员们相比是绝对“大爷”辈的，他也是主角儿无疑。

我佩服德国剧作家的睿智。德意志型的。将“时间”作为全剧核心，“存在与时间关系的思考”是它的主旨。只有德国人，才能如此深刻抽象地寻思这个命题，自己先想通了，再把他的结论通过“Momo”这个同样是“莫须有”——世间压根儿就不可能有的抽象型人物，演绎，诠释，让她和周边“人”——也是抽象虚拟的人，活动、交际、冲撞、战斗，然后，结出不可思议却似乎真实存在着存在过的绚烂花朵。

你看——“时间花”——时间竟能开花；

你瞧——“时间存储所”——居然还有“所长”（葛优饰）。

《三体》加上《存在与时间》；刘慈欣和海德格尔，科幻与近代哲学……

假如你多少知道这些，它是部好剧，好得不能再好——没有废情节、废感情、废台词、废表演、废舞台设计，全都精准得万分“德意志”，一个零件也不多，更不少。

抽象加情感再加惊心动魄的故事情节，分分秒秒对着“时间”（zeit）、“生命”（leben）的靶子甩去！

但是，假如你不会抽象思维，假如你没读过《存在与时间》一类的书，而且你全然没有科幻的幻觉……那你就惨啦，你面对的，只是葛大爷上台时露一回下台时再露一回——他始终戴着一顶灰帽子的——大光头！

我想，这就是为啥中场休息时有人一去不复返的原因。

抽象剧写得像《默默》这般好，我还是首次遇到：抽象而不胡来，重形式而紧贴人性；哲学的拔高，艺术的感染，将伟大主题和似乎“胡搞”的一通乱炖之后，再完整地和盘托着送到观众的眼前，令你在享受艺术美昏厥的同时深陷亘古人生课题的沉痛思考。《默默》做得实在是太“得意”，而且大“志”毫无疑问已经圆满实现。

何况还有葛优，一个越经过时间摩擦，就越发锃亮的“巨头影星”当坏蛋主演呢！

（十）
普契尼的歌剧《西部女郎》

剧场：国家大剧院·歌剧院

时间：2019年8月25日；星期日

这个剧看完后，我发觉自己终于用稀稀拉拉的方式将普契尼的主要歌剧“攒”全了：从三十多年前的《蝴蝶夫人》（我分别在日本东京和北京天桥剧场看过），到2009年和今年夏天的《图兰朵》，几年前的《托斯卡》，直到今天晚上的《西部女郎》。

《西部女郎》是大剧院的定制节目，一看方知，它里面的“西部”竟然是美国的西部，是加利福尼亚，讲的是淘金人的故事。

这一下，就把我心目中的普契尼“伟大”起来了——

你想呀，《蝴蝶夫人》说的是日本；《图兰朵》讲的是中国；《西部女郎》道的是“新大陆”美利坚。

作为一个生于19世纪中期，去世于20世纪初期的意大利人，一个“罗马人的后代”，普契尼居然有那样博大的胸怀和视野，那样广泛的爱意，用那般柔美动人、感人至深的旋律，表述了：蝴蝶夫人被美国大兵遗弃的故事、中国元朝公主选夫的故事、加州淘金矿区“女郎”生死恋的故事……这几部戏主题之“国际化”，令后辈剧作家望尘莫及。别国的先不说，试问哪位中国艺术家，写小说的、做戏曲的，能写好一个欧洲故事、一个日本故事和一个美国故事，并让那些故事全球流传、让全球人都耳熟能详顶礼膜拜呢？

这一点连贝多芬、威尔第、柴可夫斯基都做不到，或者也未曾想做，于是我想到，普契尼之所以伟大，不仅是他留下了那么多首好听的乐曲——比如“今夜无人入睡”，而且因为他非凡的胸怀，他全球范围的无涯博爱，甚至他的“超时代时髦意识”，他的跨国际表达技能……

他，才真正做到了爱心无涯，让艺术服务全人类；他，才着实想着“世界各族人民”的所喜所爱，并试图用自己的跨洲际想象力。须知，他那个时代交通并不发达，他只能凭借想象和人类共有的领悟，去描写、刻画自己不熟悉国度中的他们（我们）的思想，他们（我们）的习俗，他们（我们）的苦恼和爱憎。

无疑，普契尼成功了。六十五岁离世的他留下了许多他的时代不多见的“异国典型人物”——比如蝴蝶夫人，比如图兰朵，比如西部女郎。

为什么这些人都是女性?

普契尼，用这几部后人很难超越的经典大戏证明给人类：艺术本无国界，全人类的初心原本都很善良。

（十一）

《大独裁者》中的卓别林

（2019 年 9 月 5 日；星期四）

去剧院看戏太累了，前些日子话剧《静静的顿河》竟然演了八个小时，一直演到半夜三点，不过幸好，我没去。

演话剧的角儿也是昙花一现型的，比如葛优，刚演了一场，下一场再见他演不知要待到何时，那时候的“葛大爷”怕是都变成“葛老太爷”了吧。

电影就不怕麻烦和返场，尤其是老的，在电脑上看就行了，而且还能反复瞧。

电影严格地说也是“戏”，尤其是那些经典的好电影。

今年是二战爆发（1939 年）80 周年，我有意无意地，看起了二战片。有不少语言的小发现。

我学第二门外语英语时都20多岁了，因此之前看过的电影里即便有英文也不懂，再看时是四五十岁数上，懂了之后，有一种“老朋友新发现”的奇特感觉。

比如儿时看的抗美援朝电影《奇袭》里面就有几句美国话，儿时不懂，后来懂了，觉得蛮好玩。

我学习法语德语和俄语是三十岁以后的事情，平时也用不上。不过现在再看二战，尤其是欧洲二战的片子时，我那些半通不通的语言竟然都派上了用场。别忘了，二战的几个“主打国”——法国、德国、意大利和苏联都讲那些话呀，当然，英语肯定也是必需的。

比如你看苏菲玛索主演的女特工影片时就能用上法语。《敦刻尔克》不用说，英语。

近日看了几个德国人拍的德国二战故事，我大致能听懂三分之一，那也好，能感受到德国人在那期间实际活着的滋味——他们无论在战场上多么野蛮残暴，在生活中也还有人情味道。

看苏联电影《女狙击手》时，听着俄文看中文字幕，挺有感觉。

最值得炫耀语言技能的是看俄国人和德国人都用自己语言对话的时候，比如德军元帅在投降书上签字时苏联将领用俄语铁面问他：“你确定这是你们的最终决定而不再反悔了吗？”将军讲话的同时苏联翻译将俄语转译成德文。

由于我两边的话都能听懂个大概，此时内心感到几分的自得和虚荣，因为我知道这是自己的“小确幸”——世界上并没有多少人能一边对着中文字幕一边把俄语和德语在画面上对接。

《大独裁者》是卓别林主演的，20世纪80年代我就用中文看过不止一遍，但这次不同了，是英文原版的，发现了许多卓别林的奇特幽默，它们被暗藏在语言的游戏之间。

比如，他将那么多英文词汇用俏皮的谐音置换成滑稽的词语：把Germany（德国）换成“Tomainia国”，把一个纳粹头目的名字起得和英语“垃圾”（Garbage）发音相差无几，还有，他还把纳粹党徽用两个叉子“double cross”置换，诸如此类，不胜枚举，其实，卓别林是在用谐音和符号置换的把戏，开无数个“大独裁者”（Great Dictator）硕大玩笑！

《大独裁者》中卓别林共有两段精彩绝伦的演讲，其一是模仿希特勒的，鬼哭狼嚎手舞足蹈，说的却是“山寨德文”，我仔细听了一下，其中仅有个别德语的词汇，但句法语法一塌糊涂不成体统，他是在冒充德文的发音戏弄德国人，有点像用“大懒蛋吃饱了不拉屎憋死多耶”冒充俄语（儿时学的）。卓别林的第二大段演讲是在影片快要结束的时候他面对着数十万“Tomainia国群众”慷慨陈词，用的是英语。那段演讲词请你一定找来观看：它远胜过一切美国总统的就职演说，文辞高屋建瓴，立意博远，启示录般神圣感人，不仅是所有演讲词中最精彩的，也达到了卓别林毕生表演技能的绝对顶峰。

（十二）

看舞剧《天路》，话说高原反应

剧场：国家大剧院·歌剧院

时间：2019年10月5日；星期六

《天路》是大剧院原创民族舞剧，好像每年都演，这个国庆假期我偏要看看，以解对西藏的余念。是湛蓝的天，雪白的云，淳朴的藏民。

一个多月前，我就在那条天路上乘坐火车走过，也从不远处，拍照火车在绿野蓝天之间穿行。

"西藏是不去会后悔、去了不想再去的地方"——这是导游说的，但那么纯净的所在，有谁不想一去再去呢？

去西藏的头号敌人，是高原反应。

"高反"最令人谈之变色的，至少在我看来，并不是刚到高原时的呕吐和登高海拔山峰的头晕，而是回到地面后的滞后反应，我说的是回京后几个星期的夜间心跳。你半夜醒来时觉得心脏一阵乱跳，好像“轰–6”从胸口飞过，人也随之感到一阵慌神，几天一次，持续两三星期，直到从高原回来满一个半月左右，才不再出现。

这真是“心有余悸”呀。“悸动”的“悸”和“动”。

老年大学同学蔡老师说：“你那就是高原反应！”

他六十多岁时去四川黄龙旅游，也是高海拔山区，也风景如画，刚回来时没事，半年多后心脏开始早搏，去医院检查一遍，医生说没事但就是早搏。

“后来我寻思过来了，肯定是高原反应，到现在都没好！”蔡老师说着就送给了我一小瓶“麝香保心丸”，让我一天吃一粒。

我心说：“妈呀，终于得上心脏病了。”

人的心脏好比汽车的引擎，我这部车都快开六十万公里了，早已是老牛破车，你突然猛一提速让牛车开上缺氧的高原，开出 200 公里的速度，然后再突然减速、刹车，一下回到海平面并想让那车的心脏彻底停顿，但它停不下来呀，于是，它就在夜间释放多余的能量，如同余震似的，因此，它就间歇着闹个不停。

天路虽向往，却不敢再去，心有余而力不足也。

好在我的心眼下终于恢复了旧日的“平常心”。

只是今晚在《天路》的美妙歌声响起时，它又狂跳了好一阵子。

（十三）

靠情节取胜
——话剧《长恨歌》素描

剧场：国家大剧院 · 戏剧场

时间：2019 年 11 月 9 日；星期六

《长恨歌》有股上海的味道，小说有，话剧也有。

能演出上海味道的不见得都是上海演员，今天的主演沈佳妮不知道是不是。她也演过《北平无战事》。

上次看的“海派”剧《繁花》也霞飞路（淮海路）风味特浓，浓香型的，周边的观众也吴侬软语嘀嘀嘀咕咕，这在京城的剧场是一道语言奇景。

无论是《繁花》还是《长恨歌》都男女关系混乱，这言论似乎粗俗，但粗俗的不是评论而是剧情。

我思考：《长恨歌》难道不是一部以“离奇情节”取胜

的作品吗？华丽女人一生许配三五夫君，又都不是“编内”的，从写故事角度看这个框架一旦搭建好，填充细节，其实并不难干。

遥想我当年写长篇小说《总统牌马桶》时，也是先构建故事的大结构——在上班的路上，然后到了办公室——我那时候在蒙特利尔一家公司的“出口部”上班，比较闲散，就奋笔疾书，每天下班前，就能把骨架子上的肉——细节，一一填充。

我的《总统牌马桶》里也有一整章节写上海，也是cheese味儿贼浓。

写上海要写出“滩”的酷和炫。

在《长恨歌》中，一个“上海小姐季军”（王琦瑶）外加她“金丝鸟”的特殊身份，周边再不时出没四五个来路不明的男人，然后跨越三个时代——这些“剧情横菜”，早足够了。

《长恨歌》之所以让王安忆执当代沪派小说牛耳，一靠“奇葩男女关系”的大胆取摄，二靠女作家婉约细腻的描写技艺，但似乎情节在先，表现次之，这何以证明？

由于话剧中情节张力、情绪撩拨、人物冲突都更强于原著，这就证明我的“情节取胜说”是靠谱的。只要有了那般离经叛道人物关系的“梗”，后来的编剧人、导演，任凭他是谁，都能往那般奇葩刺激的剧情墙面上贴“语言的大字报”，都能随心所欲地发挥，淋漓尽致地表达。

写小说时往往匆忙赶路、疲于奔命，因为写作时你是在原始创作，你在开着尽头（结局）不知何处的巨轮航行，你基本无暇雕刻细节，你只想怎样完成它，但改编话剧者却可以从容地反复试验如何摆放各个元素、部件，让它们尽善尽美尽渲染尽刺激，因为完整的故事事先在那儿摆放着，他们没有朝前探路的急切和焦虑。

这么看，凡从原著改编的戏剧都几乎完美无缺——正如同今晚的《长恨歌》，我边瞧边仔细琢磨，竟然挑不出一点瑕疵。

（十四）
从《长恨歌》到《徽州女人》

剧场：国家大剧院·戏剧场

时间：2019年11月16日；星期六

今晚的领衔主演韩再芬很精彩，仿佛严凤英化身。

今晚的黄梅调很现代，几乎听不出与《天仙配》相仿的感觉。

内人是安徽人，因此我知道剧里的道白哪句该高，哪句需低。

上周看《长恨歌》时周边人说的都是沪音儿，今晚看黄梅戏四周又大都是安徽人。由此我想北京的林子真是大得了不起，只要一上演地方戏，剧场就会变成同乡会。

后面坐的还有三个意大利人。开始我纳闷——你们听得懂吗？后来一思忖：全世界人大都不就是明明听不懂意大利文还偏要帕瓦罗蒂用原文唱吗？对艺术故乡的他们来说黄梅不黄梅、中文不中文不那么重要，只要能说话听声锣鼓听音就可以了。果然如此——在该鼓掌的时候他们一点儿都不含糊。

大幕上有这样一段话：“上个世纪初在古老的徽州，有一个或一群女人的命运是这样的……”怎样的呢？几句话就能说清：洞房花烛夜，新郎跑了，一跑就是三十五年，杳无踪影，女人苦等，侍奉公婆直至公婆去世，三十五年后“新郎”终于第一次回家——带着老婆，他想落叶归根。他见到女人后连问三声：“你，到底是谁呀？”女人回答：“我，是你伢子的姑姑……”。

如果说“女人”的命运是旧传统妇女命运极其极端的一种的话，那么《长恨歌》里王琦瑶的命运呢？岂不是另外一个极端？

都是在二十世纪初。

一个在徽州，一个在上海。

一个终生望夫君归来，独守空房；一个不甘寂寞，引来众多扑火飞蛾，竟使人不知道孩儿的爹究竟是“萨沙”还是张三李四……

不知为什么我观《徽州女人》时冷不丁还想到一个不该想起的女人——鲁迅的第一任妻子朱安。

徽州女人的“他”剪了辫子，走了三十多年，没马上回归；鲁迅也剪辫子也走了，但不久就又回来，但直到三十多年之后，朱安还是全身的朱安，鲁迅却并不是全身的鲁迅……

（十五）

马林斯基剧院芭蕾舞团《堂·吉诃德》《福金三部曲》

剧场：国家大剧院·歌剧院

时间：2019 年 11 月 28 日；星期四

外面寒夜漫漫，舞台热舞翩翩，如神女，似天骄。

本不该写舞蹈的剧评，即便头一场是《堂·吉诃德》。

舞台上的堂·吉诃德只是个点缀，是个“故事梗概”。他木呆呆傻乎乎，走上来，溜下去。他基本没有舞蹈动作，至多挑了一下风车，然后就嘴啃地皮。

他连舞蹈架子都不是，只是个概念，在那“概念”周边围绕着如仙舞者，打开一团团艳丽炫目的花瓣。

三年前在圣彼得堡，仲夏夜，白夜间，我们的大巴从那家举世闻名的剧院急速驶过。我告诉导游：一旦经过它，一定提示我，他提示后，我回头眼扫见了，只见通明灯火闪过来，人影绰绰模糊去，一眼即消逝，等待北京见。

记不清是第几次看马林斯基剧院舞者在大剧院的表演，但此次有乐队，是“全副武装”、即便我留意今晚《天方夜谭》中委婉动人的小提琴旋律其实并不是现场演奏，因为乐池就在我眼皮下面，当它的旋律响起时，指挥和队员们是歇着的。

也是，一个芭蕾舞剧院的乐团是“养活不起”超一流小提琴手的，哪怕是马林斯基剧院。

语言的剧评在俄罗斯的芭蕾舞这里是无地位的，他们的艺术——我想了许多词语，比如“道”，比如“禅”——都难以企及，他们的肢体语言无疑是这个艺术门类的顶级，是尺度和标杆，是青藏高原，是外星系。

能为他们定高度的，只是他们自己。

或许“干净”是那个赞美词——干净的音乐。《天方夜谭》我岂止听过百遍？里面没有一个音符多余，被更干净的舞蹈诠释。从前我看过最能演绎它的是黎巴嫩人，那是正宗阿拉伯范儿，但俄国舞者在同胞作曲家（里姆斯基·科萨科夫）的“神曲”中翩翩起舞时更加剔透明净，精准无暇，大开大合，美不胜收。

这简直是音乐为舞蹈家量身定制。

假如世界上有一个民族是为艺术而生的，俄罗斯民族无疑是最佳候选。广袤无垠的国土和游刃有余的空间让那块土地上的人与焦躁不安拉开距离，专心于他们血液中本就自带的艺术因子，他们能旁若无人地打磨每种艺术的细节，一直达到天鹅湖水般的纯净。

哦，看了剧照才知道在芭蕾世界里一向有“一只白鸟和一只红鸟”的说法，“白鸟”指的就是《天鹅湖》，“红鸟”就是指今晚看到的《火鸟》。

我眼皮下跳跃的是好一只鲜红鸟！多像中国舞剧中的“小辣椒”，红得剔透、红得发紫。

（十六）
年度压轴话剧《林则徐》

剧场：国家大剧院·戏剧场

时间：2019 年 12 月 14 日；星期六

这该是今年本人的“压轴大戏”了吧。去年的轴也是濮存昕压的——用他那独一无二的声音，我想任何人只要有他那种浑厚的嗓音就都一定是君子，或者会无缘于小人。

《林则徐》无疑是沉重的大戏，哦，那不是戏，而是真的情节：一个泱泱大清被大不列颠人用“福寿膏”给熏得摇摇晃晃晕晕乎乎，一国之君道光皇帝能不急吗？现在想起那时的情形都会毛骨悚然——从南到北人连片地倒下，倒在烟气的蘑菇云里，再不想办法四万万人就全卧倒，就全完了。

又一百几十年过去，大清没了大华尚存，万幸，我们都不再吸食鸦片。

要说历史上，英国真人够黑的。难怪眼下连欧洲都不带它玩了。

林则徐（濮存昕饰）可歌可泣。那时的朝臣——尤其是汉臣都进士出身，是最高知识分子，是被孟子浩然之气浸泡的知书达理之人，反正至少在学养上都是男儿，因而朝堂上总有七尺英雄！

古人讲究“臣死荐”。可叹军机大臣大学士王鼎（郭达饰）——林则徐的恩师，他看“哭荐”不行就索性“尸荐”——自缢身亡，何等的勇敢！

（十七）

一天追俩“星”
——兼谈原生态舞集《云南映像》

剧场：国家大剧院·歌剧院

时间：2020年1月11日；星期六

一天见到了两位传奇人物。

第一个是世界游泳冠军孙杨。下午在首都机场T3航站大厅，他对面走来，个子好高，赶紧追，追上了，抓拍了几张侧面。

一个快六十的人“追”一个能把自己年龄除以二的后生，令人不解？

我无所谓。

第二个蓄谋已久追的是舞蹈家杨丽萍。去大剧院看《云南映像》，这个剧挂她的名字。原以为那个上半场出来跳“月光”舞的就是她——真是太精彩了，瞅名字也是“杨舞”——“杨丽萍舞蹈”嘛，可剧场服务员中场说不是不是，“杨舞”是个人名。

扫兴。

在整个剧的尾声“雀之灵”，那个杨舞又雪白登场了。她身着银白色舞服，地上残留着人造雪花。她真是个舞神，比孔雀更加孔雀，人神难分，妖人颠倒。

我印象中的杨丽萍，就一直是那样的。

谢幕时我很久期待见一次“活人”的杨丽萍终于现身了——一身红色舞服，带着她的弟子、传承人杨舞以及一台云南子弟（舞）兵们在一次次掌声中退场。

我原想在六十二岁的舞神还能跳时第一次也是看一次少一次地看一次她演的孔雀，可是迟了，老孔雀已休息，新孔雀羽翼满。

有的人你见一次都嫌多，但有的人你一生必须寻机见上一次，比如云南的“艺术特产”杨丽萍老师。

伟大艺术家真如昙花：面对千万个观众他们总是在不同舞台上现身，但对于你一个个体，他们就是昙花，能在你的一生中哪怕现身一次就是你的福气。你见过真人了，就是用肉眼见证一次“宏大艺术映像”，因为“杨丽萍们”头上的天空早已经不是一丝云彩，而是美丽风暴眼，是绚烂气场圈，是亿万人都在电视屏幕上瞩目过的一道“艺术肉身景观”——这下你明白了吧，齐老师追逐名人。杨丽萍和孙杨，绝不仅是想去猎奇她绝美的舞姿或者去逮一个匆忙逃逸中的愣头小子的背影，而是去抓住一道人造奇观的镜头，是和亿万只有浓厚兴趣的眼睛汇合。

追星人不是追着星星跑，而是帮他们保持亮度，做的是慈善活儿。

你连这，都不懂么？

（十八）

话剧《二月》

剧场：国家大剧院 · 戏剧场

时间：2020 年 1 月 18 日；星期六

写日期的时候还习惯在键盘上敲下 2019，其实已然是 2020 年了，而且马上就要到二月，当然，是阳历的。

写小说《二月》的柔石也快离世 90 年了，他在 1931 年死去，是被用十颗粒子弹射击而死，而且才 29 岁。

鲁迅始终对两个挚友的被害耿耿于怀，一个是柔石，另一个是瞿秋白，从文笔上说二人都是大才子，而且都死于射击，都很年轻，还都有肺病。

自由在任何时代代价都十分的大。

在现代文学的浩瀚中有两部不太厚的必读书是柔石写的：《二月》和《为奴隶的母亲》，全都是稀有好作品，后者是一个典妻（把妻子像物件那样典当出去）的故事，我也看过那个话剧。

《早春二月》我看过数不清次电影——孙道临、谢芳和上官云珠演的。孙道临本人我也亲眼见过，是在北京音乐厅、他参演《唐宋诗词朗诵》的时候。我一直认定孙道临就是萧涧秋，谢芳就是陶岚，上官云珠就是文嫂，今晚看完王玮、卢芳、黄薇饰演的他们三人后，我更是那么认为。从人物造型上，导演李六乙似乎想往谢铁骊选的三个演员上靠近，但唯有卢芳（胡军妻子）身上有谢芳影子，其他两位距离都不近。王玮饰演萧涧秋，他个子高但眼睛不大，眼睛一不大就没有孙道临眼中的炯炯慈善，一旦慈善不到位，“活菩萨”理想青年萧老师的博爱就缺失，于是，王玮就只能用“技艺”——钢琴演奏技术弥补了——整场中有半场“萧涧秋”都坐在钢琴前炫技，让后进来观众误以为这是一场正在进行中的钢琴独奏会。

民国时代的文学让民国时代的过来人表演也就不用“表演”了，他们身上自带着那股味儿和范儿，因此后来人无论怎么努力都再无法找回柔石的“铁骨柔肠”以及孙道临眼中的无限悲悯和谢芳大辫子一甩的新女性青年气质——陶岚是集美丽果敢纯真于一身的“Queen”（剧中真那么叫她）——女王！

一个时代的谱子最好让同一个时代的人演唱，顶多隔上半代人——才会原汁原味。

同理，20 世纪 60 年代的红卫兵除了叫我这么大岁数的人扮演，谁都不像。

《二月》个故事其实很简单：今晚舞台上有个化妆成浙江老乡的人和台下互动时，让我们和他一同高喊：

“芙蓉芙蓉二月开，一个教师来；左手抱寡妇，右手牵乖乖！”

一个男人爱两个女人，第一个是怜爱，第二个是恋爱。

李六乙导演惯用的怪诞：他让一大群不三不四的人在舞台上做各种恶心动作，还代表小镇的“民众”散布着各类流言。

我彻悟到：柔石的“镇”其实是国人群体的缩影。

进镇容易出镇难，镇里面有刻骨铭心之恋，有莫名其妙之恨，有苍蝇蚊子样的是非，更有病死投河死的穷人（文嫂一家）。到头来原本轰轰烈烈恋爱一场的憧憬和菩萨般同情心，在仅仅两个月里以失去了两条人命（一大一小）而告终。到那时你是继续在镇里呆呢，还是赶紧走人?

如今那么多年过去了，“镇”自然不再是那个“镇”，理想国中痴男信女梦也变得很现实，但那无形的“镇之网”，恐怕还在把我们的生活笼罩和编织。

（十九）

电影《愚人船》

（Ship of Fools，美国，1965 年）

时间：2020 年 4 月 16 日；星期四。“新冠”疫情暴发之后。

上次写剧评的日期是 1 月 18 日——看话剧《二月》时的，在大剧院，真恍如隔世呀！

《二月》之后本来还有一张剧票，是保利剧院上演的马其顿的话剧，但那是春节前几天，北京人已经开始人心惶惶戴口罩了，我就犹豫着没有去，否则真弄不好会“中招”。

如此说元月 18 日是本人写剧评的一道“生死岭”，是一座山和一条沟，山和沟的那边是人们能静坐着，能“亲密接触”地观戏，是大剧院室内剧场的人影绰绰；山沟这边，是万马齐喑、口罩白白，是一米之外另一个由“独行者们”分头隔绝站立着的“新时期”。

人啊人，咋看着看着戏、议着议着剧情，自己也忽然也变成“戏中人”，变成宇宙大悲剧的参演者了！

真不可预见何时才能回归那和其他人类亲密接触的《二月》时分。

不说丧气的话了，赶快回到“戏”中。

咱看电影上的“大戏”吧，尤其是20世纪五六十年代的二战电影，是近来每晚我的最爱：当战争（二战）的大戏收场之后过十几年用电影将其还原。为什么20世纪五六十年代二战电影最好？因为真实呀，演的人都是亲历者。

这部《愚人船》（Ship of Fools）出奇的好，至于怎么好光听我说没用，你自己亲自去瞧瞧吧。它分上下两部分，在三个多小时时间里你能大饱眼福，使劲看船上的“傻瓜、愚人”们怎样傻和愚。你假如不傻也不愚的话，肯定能看出这部电影的好。

画面那么精致，表演那么到位，长长的镜头不慌不忙，演技超高的演员们能还原魂灵般的精彩表演，几百号人，每人各愚各的，要是一对儿，就傻上一双儿。

战争爆发前（1933年）的宏大背景，无时不藏着包袱的隐喻，人性的荒谬自私，“精致利己主义”惟妙惟肖地再现。

看这个电影时你恨不得返回到那个时代，和电影中角色们一起玩耍，同喜同乐，至少本人我，自信能玩得过他们。

一个犹太侏儒——“被锯了一半的智者”（电影语）是

剧情的牵线人，他开场时用诡异睿智的眼神对着你脑门说："我背后的这帮家伙都是傻瓜，当然，我也是个傻瓜！"剧中间他再说一次那句话，结尾处他说了最后一次之后就消失在人流里面，丢给你的是对那个"天天愚人节"的大船的怀恋。

这部剧里的每个人物都刻画得超级精细，每一个角色都能在你眼前晃动，你只需看一遍电影就能终生不忘。

电影的手段，话剧的精致，无垠的场域——混沌的大海，而那条船上则仿佛是话剧的舞台，你能贴身近处观察"角儿们"的一举一动。

辽阔海洋上行驶的同一条船上几百号人聚集，有贫有富，有善有恶，更有无赖恶棍；有的风情万种，有的猥琐不堪——活脱一个人生大舞台的展示和浓缩。

《愚人船》最精彩的是结尾，当旅行结束后船上"丑态百出"的人们在德国不莱梅港下船时的表演，他们似乎都把船上的离奇经历从大脑中删除，个个脚步匆匆——如同出国随团旅行时到了机场后一路上打得火热的人招呼不打就无表情匆忙离去那样，只不过"傻瓜们"下船时每人的肢体动作都设计得那么巧妙到位，成为他们船上"德行"的"完满句号"，如同指挥在音乐结尾时那个漂亮的收场手势，你不由得感叹：导演斯坦利·克雷默真大师手笔也！

再把镜头从 1933 年（故事发生）、1965 年（影片拍摄），拉到眼下的2020年春天吧。

半世纪的烟云散去，谁会想到新的“病毒风”再次刮起，放眼悲惨世界，君不见海上漂流着的那一艘艘“邮轮”、航母，统统都染上了Covid 19病毒，这究竟算是谁的、哪家的愚钝，这时代谁才是真正的fool（傻瓜）呢?

（二十）
“粉墨人生”京剧名家名段荟萃

剧场：国家大剧院 · 戏剧场

时间：2020 年 8 月 9 日；星期日

甚至在一个月以前，我都难以想象，自己今晚能够坐在大剧院的位子上观看京剧。

甚至在半年之前，我反复地看着手机里 2019 年那些大剧院中的留影，没敢做再回去的梦。

甚至在中国以外的其他国家的观众们——那些在北美洲、南美洲的观众们……也会把能像我今天这样在首都核心剧院中观瞧最美妙的国粹，视为火星上行走。

瘟疫仍肆虐，边看边心虚。

对今后，我真不好预测——这是疫情暂缓后许多次当观众的一次，还是倒数的哪一次。今晚之前去剧院，应该是今年的元月 8 日，后来保利剧院还有一场马其顿的话剧，是在人心开始惶惶的那天，就没敢去了。

所谓的人生无常，我是早知道的，但今年这样的无常，谁会预想？

今晚的景象：熟悉的戏剧场，隔开的两个座椅，戴口罩分坐，用瘫坐沙龙池座的舒适，欣赏顶级国粹。

本人这半年培养了两个新嗜好，其一是看“书画频道”中师父们画画，其二是看董艺主持的“戏曲频道”——而今晚，她就在台上婷婷站着，被她介绍过数遍的那些个“角儿”们，今晚都到齐了——王蓉蓉、迟小秋、胡文阁。

他们的嗓音是那么亮，步态是那般稳，妩媚起来楚楚动人，阳刚起来气宇轩昂。

我越发察觉我以前小瞧了“国粹”。

京剧嘛，南城一个犄角旮旯，一群老爷们儿夏日吊嗓，胡琴撕拉着响，那是我儿时常驻足围观的，曾短暂着迷过，但没固定下来，觉得挺土鳖。

西洋人的“三高”——帕瓦罗蒂他哥儿仨，我都现场远观过，《卡门》《蝴蝶夫人》也一路哼唱下来，久而久之，就忘掉南城夏天扯嗓子的那群大老爷们儿。

是一本小书——《水墨戏剧》（洛地、洛齐父子文图）令我忽然醒悟：原来我压根儿不懂京剧。是呀，唱念做打，他们必须都会，他们可文武双全、个个身怀绝技。

今晚的“角儿”们的嗓子可真嘹亮，我第一次这么用

“心”去看原本就等于我生命一部分的京剧——因为太近，所以忽略?

我遥想台上这些流派代表人物的师父和先辈们，他们在民国时期，该是怎样的气派?

京剧绝对不土，我更加坚信。

富裕社会中已无纯粹为温饱而演戏之人，那么“绝技”的传承，只为它继续伟大和不朽的需要。

一不小心，我头一回用真心看京剧，就把各门派的最大角儿们——连同最佳主持人，给“包览”了。

这要感谢疫情，疫情让他们久被憋闷后，集体向国人亮相。瞧，那摄影机在台前忙着拍摄，记录这惶恐之后的豪华暂聚。

今晚大雷雨，只见闪电如荧光彩灯，多艳丽呀，映衬这久违的剧院绰影。

（二十一）
话剧《阳光下的葡萄干》

剧场：首都剧场

时间：2020 年 9 月 6 日；星期日

终于重返首都剧场，要不是座椅背上“请全程佩戴口罩”的大红带子的提醒，都忘了正在发生的疫情。

人生无常的感叹，或者出于世道，或者出于战争和瘟疫。

这是今年北京人艺的首部原创大戏，更戏剧性的是这部美剧的翻译是英达导演的母亲，而她的手稿去年才在一次拍卖会上偶然现身，就仿佛是“文字亡灵”的瞬间显灵。那个“死魂灵”被儿子英达果断捕捉到并取回了家，然后他顶着瘟疫将其在舞台呈现，演出结果还真是不错，我于是想到老英家真有人才，其父、其母、其子，一家人三足鼎立就撑起戏剧舞台的一片江山。

好剧是需要“故事大梁”的，这部剧中的“大梁”共有两个，一是一家子穷人忽然得到父亲去世后一笔十万美元的巨额保险金——所谓的“一夜暴富”，二是他们作为非洲裔美国人所受的种族歧视，只要有这两个“梗”作为骨架子，什么样的情节都方便展开。

用一条主线写故事，不好写，有两条线相互交叉，就怎么写怎么有了。

话剧要想成为极品——像这部剧似的，无论过程多么的坎坷——在求索“正能量”中途，但在剧的结尾一定要让正义、崇高的法则现身，不是吗？比如这家人那么的受歧视，那么的“不会理财”——父亲用生命换来的十万美金一天之内被卷走大半，但最终他们还是选择了“有尊严地活”——搬到白人区里去住。

从写作的角度，我一直边看边寻思剧作家在哪个地方“杀个回马枪”——让窘境中的一家人再看到必须看到的光明。

这是个写作技巧问题，而且是期待中的，一般的剧都会让你到结尾处“柳暗花明”——或者是命运突然转好，或者正义战胜邪恶。

华人演非洲裔家庭，人艺演员们演得真是到位，那股劲头和做派颇似黑人美剧《考斯比一家》（The Cosby Show）——那是我的最爱，似乎至今都没被替代。

（二十二）

话剧《家》

剧场：首都剧场

时间：2020 年 10 月 15 日；星期四

曹禺诞辰 110 周年，人艺再现曹禺和巴金的《家》——这是我看上半场时一直那么以为的，因此，看得很投入，也很感动——尤其是瑞珏和梅表姐的那场对手戏，但中场休息后，我见到大厅里有演员胡军送的两个花篮，一个是给他妻子卢芳（饰瑞珏）的，另一个是给李六乙导演的，我心里大呼不妙——又是李导的戏！

心理问题吧，自打看过他导演的契科夫《樱桃园》之后，就一直产生了芥蒂——我是叫他让演员在舞台上站着五分钟一动不动的“僵尸表演”给吓怕了，回想下果然，上半场瑞珏和“梅”二人也在台上站着一动不动了几分钟……

带着那种对“现代感、形式美”的恐惧感、下半场再坐在每隔着一个人坐（因疫情）的剧场时，我发觉我再也不入戏了，因为我怀疑自己看到的不是巴金、曹禺的《家》，而是李六乙的《家》。

我的疑惑在最后一幕——瑞珏死去的时候被“坐实”。由于李导演追求“陌生的美感”（“导演的话”），假如你只看这场剧而不知原故事的话，你会以为瑞珏并没有死——她在“即将断气时”，演员卢芳又一个笑脸忽然复活过来，还说了那么一段激情澎湃的台词，这多像今年年初在大剧院看她演柔石《二月》（也是李六乙导的）中的那个陶岚啊……

总的印象，上半场还“守规矩”，按照巴金、曹禺的“原路”走，后半场“现代形式艺术瘾”又犯了，因此，变成了李六乙的《家》。李导当然有自己对《家》的理会和体悟，总体说也达到了他所追求的“性之美情之美”，但我想看的却是曹禺和巴金原汁原味的《家》呀！

当代导演一旦把自己对超现实美的追求附加到传统上，就会出现“四不像”，比如据说孟京辉导演的《茶馆》都走形得像“太平洋咖啡馆”了，这种实验你们尽管自己去搞，但还是希望别搞到巴金和曹禺的作品上面，用不客气的话说，再怎么李六乙和孟京辉，你们在那前两位面前也还是极其渺小的存在，他们是永恒，你们是瞬间，因此，请不要用瞬间替代永恒，请不要以瑕掩瑜。

假如我把导演理解为卡拉扬一样的大牌指挥的话，那么，卡拉扬的职责就是无限地接近贝多芬，将“正宗的贝多芬”给诠释出来，哪怕听众听不到他看不见他（指挥），也算是成功，而不是夹杂太多的“私货”，让观者看（听）完戏（音乐会）后，记住的不是原著作者而是指挥或者导演。

基于以上的这些“抵制的杂念”，我后半场基本没有入戏，听那些台词时我已经半信半疑——这些话，果真是曹禺剧本里的吗？

当然坦诚说，和《樱桃园》比较，这场《家》总体上还算中规中矩，也有李导“铁心”追求的人性闪光之处——利用角色大段的单独深情道白，或许，我是个老夫子，我跟不上“新潮流”了？

最后值得一提的是93岁饰演“冯乐山”的蓝天野老先生，真是奇迹啊，93岁在台上还步履轻盈，台词也记得清楚（有一处他似乎迟疑了一下，被搭戏的演员接住了）。

我上次看蓝天野的戏是2017年，他饰演曹禺女儿万方创作的《冬之旅》中一位老者，那时候他已经89岁高龄。

在今天剧场的“本场演员”照片集锦中，大坏蛋“冯乐山”竟然排在首位，有趣吧，但绝对应该。

他是于是之、朱旭的同代人，也或许是世间还能登台演话剧的最高龄演员，尤其是在庚子全球大疫之年，他还能“粉墨登场”，也算是造化。

今年是曹禺诞辰110周年，人们用不同方式怀念着他，女儿万方贡献了《你和我》一书——大才情之作也，如实传承乃父之情愫和文风。

我呢，则是通过看话剧《家》和才子之文“接轨”，却没想到，因为导演的“个性发挥”，只接上了半根。

（二十三）

话剧《十字街头》

剧场：国家大剧院 · 小剧场

时间：2020 年 10 月 17 日；星期六

在三个剧场中，大剧院的话剧场本来就是最小的，何况是地下一层的这个“小剧场”。我看的是“小众”的剧。

昨晚是首演，去的观众就更“小众”，似乎他们都和台上演员和剧务人员有点关系。

导演黄盈本科是农大的，学的是理科，研究生才上的中央戏剧学院，也才用两年半就把中央戏剧学院的全套路数基本学完了，因此，我也动了去当个导演的心思。

这或者不完全是玩笑。

我的终极梦想，其实是将我的《马桶三部曲》和《新乔三部曲》搬上舞台，至于那舞台多大和在哪儿，就另说了。

也不完全是妄言：在这台经典的《十字街头》中，我就发觉有些“梗”被用得太“水”——比如两个年轻人谈对象那场戏，一个小噱头、小包袱，在长达十几分钟时间里被“煮烂了揉碎了”地用，明白人（我这样的）只会开始会心一笑。于是，我联想到《总统牌马桶》里那个也写上海的章节，这样的包袱在十分钟里至少有十个以上，会让你目不暇接。

不演（俺的戏）也罢，免得把身边这样“低笑点”的观众给整休克了。

这台“迷你话剧”纪念的是83年前赵丹、白杨和英茵演的那个经典的电影，使用大量现代手法（舞台、灯光、音响、投影）再现古典。再现得蛮成功蛮新潮，也把“十字路口的彷徨”延展到了今天——同样的问题：“大学生毕业即失业”在庚子今年，又是全球最大难题——之一吧。

当代演员的气质真无法和赵丹、白杨、英茵他们相比，那时候赵丹刚22岁、白杨才17岁，可他们的镜头只给一个，就是经典中的经典，就那么“抓人眼球”。

可叹英茵（英若诚的姑母）惨死于1942，她曾用那般美色诱捕并除掉过9名敌特。可以想见，敌特们是难以抵挡她的。英家真出人才啊！

隔了一天，连看了两场“梦回民国”的剧——《家》和《十字街头》——好的不多说了，不理想的，就是主演们和原作都相差万里——我是说电影《家》中的孙道临、王丹凤、张瑞芳、黄宗英，以及赵丹、白杨等，年初看的《二月》和《早春二月》相差的也是演员（孙道临、谢芳、上官云珠），不是差一点儿，而是十万八千里（你不该太刻薄！）。

民国人的那股子气质，是带“魂儿”的，“形”尚可再现，“魂儿”，可不好复活一次。

《十字街头》四个大学生毕业就失业的故事，让我想起 1990 年起我在渥太华住的那个中国留学生蜗居的“Peter 楼”。——住了几十口“高材生”的独幢破楼。

楼里外破破烂烂，是蟑螂的天堂；男女只隔一堵薄墙，穷兮兮的，野性莽莽。

Peter 先生是房东，五十来岁，精瘦，广东人，穿着邋邋遢遢，据说他是多伦多大学的化学博士，混了若干年后，变成了我等的偶像——能坐收房租的人。

说到“好容易有事情做了”，《十字街头》里那个老赵在拖欠 3 个月房租后终于在报馆找到一份“校样员”的工作，这和从 Peter 楼“毕业”、拿到硕士文凭后的我找到第一份工作——在中餐馆里刷碗时，心中大叫：“我找到工作了！”的举动一模一样。

如果你是 2020 年的毕业生，想必会感同身受吧！

（二十四）

合唱音乐会《华彩秋韵》随想

剧场：国家大剧院·音乐厅

时间：2020 年 10 月 24 日；星期六

严格地说前天晚上大剧院的音乐会不是戏剧、不该上咱们这个“剧评”，然而它的“戏剧性”是足够的。正如女指挥焦淼在演出结束时动情说的：“上半年，我们在台上唱的时候，台下一个观众都没有，没想到今天能来这么多观众”，接着，国家歌剧院合唱团就在全场观众的潮水掌声之中献上一首《掌声响起来》。

每年能听一会高档次的合唱，这于灵魂相当于什么？我试着用很多的比喻，比如 84 消毒液、洗涤剂、酒精之类的，总之，灵魂像一台机动车上的部件，隔一段会变脏、变形、变质甚至变态，由此，就需要用点法子“洗刷刷”一下，当然最好是用艺术，而艺术中最适合给心灵去污渍的——哪怕只是短暂的一两个小时，非音乐、非音乐中的合唱不行。

在合唱团员们沁人心脾的歌声中，我瞧着他们身后那满面墙竖着排列的只有大教堂才有的锃亮的发音管——早年我在蒙特利尔著名的圣母小教堂里常见，我想到了音乐和宗教的关系，宗教是一种救赎，它的派生品之一的合唱也是。

歌声如波浪，时不时大起大伏，我心随着众男女艺术家喉管中发出的纯正声响，也在上下跳动。

大剧院外面，已经是不知道啥时候才能安度完毕的庚子年秋季了。

（二十五）

话剧《基督山伯爵》

剧场：国家大剧院 · 戏剧场

时间：2020 年 11 月 12 日；星期四

大仲马真了不起，能留下这么一个故事——一个用导演王晓鹰的总结，集“传奇”“浪漫”“幻想”“真实”为一体的作品，而从编剧到导演到演员，无一不秉承着以上这些精神，在长达三个钟点的时间里，让那些元素一一轮番上演，既让观者眼花缭乱，又不像有的剧那样有花架子没内涵，他们的艺术呈现能让你忘却了这是在观剧——对了，谁能让观者——包括我这样很“专的业余观众”都把自己忘掉的，谁就是成功者。

无疑，《基督山伯爵》做到了尽善尽美。

我在想，如果一部作品的内容无限的广阔，那么，改编时只要取其精华，只要把故事的构架全不混乱地“抖擞出来”，就不可能不成功。但恰恰是好好把故事讲好、讲明白了，就是最大的难点。王晓鹰导演的《简·爱》我早先看过，故事讲得不错，今天的这台戏，无疑也是成功的，尽管他们（创作班子）往里面塞进去了一些炫酷的元素——比如让一些后生劲舞，还故意扮荒诞模样，但没喧宾夺主，故事还在继续——以同一个人物分裂成几个时段的特殊形式，但观众稍微糊涂之后，马上就懂了导演的意图。因此，虽然经历了“现代改造的小风险”，大风险还是避免了。什么是改编老剧的风险呢？就是把故事说糊涂了。

好的编剧绝不能假设观众都是熟悉情节的——就比如上次看李六乙的《家》那样，不知道剧情的，看到剧尾时你不知道他（她）——那些剧中人物的大结局究竟是什么，而好的剧就是剧本身，在舞台上就把故事都说清楚，不是十分之九，而是十分之十。

把故事讲明白，是基本功，也是最高尺度。

《基督山伯爵》我只是翻看过，但没陷入对编故事大仲马的崇拜，今晚再观全剧，还是挺震撼的，19 世纪那么多星光灿烂的人物——比如拿破仑，也有那么多会用故事形式、用文字给他们做同步“影像留影”的小说家，比如大仲马、巴尔扎克、雨果。

《基督山伯爵》有几个最经典的情景令人动容——比如邓蒂斯和美茜苔丝多年后重逢却不相认、“基督山伯爵”决斗前的那大段独白，使人懂得了“爱、博爱”的原初意思——它们是来自宗教吗？还是发自人类灵魂的底端？

（二十六）

中央芭蕾舞团《珠宝》

剧场：国家大剧院 · 歌剧院

时间：2020 年 11 月 21 日；星期六

本来看剧归来当晚懒得写评论，但今天必须写。上午传出第一代芭蕾舞演员陈爱莲去世的消息，偏巧晚上去看中央芭蕾舞团的《珠宝》，不知是否是一种暗示和机缘——“机缘”可能不适合应用在这里，但老一代艺术家去世，新一代艺人崛起，不也算是最好的悼念？

用“崛起”一词说芭蕾，是因为今晚《珠宝》第二段《红宝石》中，我的确看到了新一代舞蹈演员前所未有的霸气和自信。他们几乎是目空一切，这在以前中芭演出中从未领略过，或许是因为《红宝石》是美国风、要表现美国人的狂劲，但那股子劲头在以前想模仿也不容易，这使我感到中国后生们真是越来越牛了——“牛”，尽管和芭蕾舞也不搭，但一时想不出别的什么词汇。

《珠宝》以前没看过，它是现代芭蕾的经典，是法式、美式、俄罗斯式芭蕾三个段落合一的“折子戏”。我留意到其中演法式芭蕾的演员高挑，演美式芭蕾的演员丰满，演俄式芭蕾的演员清纯。开始，当看第一节《绿宝石》时，我心说演员们咋这么清瘦无力呀，于是，第二节《红宝石》就上来了一群丰硕有劲儿的舞者，看着看着我又想芭蕾舞演员要是都这么威猛不就成了体操运动员？于是，之后就上来了一群比小天鹅还青涩的白衣少女，因此我想，这乔治·巴兰钦编的这台戏可真是能让人尽其才不留死角呀！

我对演《红宝石》的中国芭蕾男一号马晓东印象最深。他是辽宁鞍山人士，他有着阿兰德龙的相貌，体操冠军李宁的超强功底，外加那么投入的表情。他说想当世界级舞者，我看真差不多——奇才也！

又想到直到去年还能在舞台上舞动“林黛玉”、80 岁还每天练两个小时功的陈爱莲，你看，西方顶级的艺术——芭蕾，和东方顶级的艺术——京剧竟是这么的相像，都是折磨人肉体的极限运动。跳芭蕾也好唱京剧也罢，你都要受尽皮肉之苦而且一生都不能懈怠，方能将人类原本不好看的天然体型强行塑造为天鹅般高贵样子。天鹅压根儿不用练功身材就那么匀称，就能走那么优雅的步子，咱人类可不行啊，非要玩命地练，非要不吃饭，非要脱胎换骨，才能在正常人群中强力打造出仿佛外星人身材的这些芭蕾舞或京剧演员们，他们是意志和技巧方面的超级强人，哪怕她们看上去——尤其是那些女演员，都美的那般令人心痛！

（二十七）
话剧《四世同堂》

剧场：国家大剧院 · 戏剧场

时间：2020 年 11 月 25 日；星期三

其实这个剧是 25 日晚看的，当时没心情写剧评——前日刚知道恩师张金俊去世，勉强有心情看一台已经“约好”的剧，却写不下什么。

本是冲着秦海璐去的，一看节目单：糟了，几个角儿（刘金山、秦海璐、佟大为、陶虹、辛柏青）是交替着出场的，万一今晚“大赤包”不是秦海璐，可咋整？

正担心着幕已经拉开，上来一个扭捏的胖女人“大赤包”，并不是秦海璐，这闹心呀，后来秦海璐上来了，哦，原来刚才那个不是“大赤包”，是祁家二儿媳妇。

心，终于落地了。

前不久刚看完电视剧《亲爱的，你在哪里》，秦海璐演一个四处寻找丢了女儿的母亲，我也跟着“找”了几十集，不是追剧，也不是追人，而是找人，因而，就和秦海璐意念情绪上重合了几十个日子，今天看见活的她了——尽管眼前这个是为了装成肥胖的大赤包浑身不知填充了多少软物质、走起路来像母唐老鸭似的“坏女人”，但“她就是丢了孩子的妈”这个先入印象还在我的脑海和肉眼里，因此，就过了把和屏幕中角儿近距离接触的瘾。

观众与演员、“被艺术感染者”和“制造艺术者”的关系仿佛是风和铃铛，这阵子风起了，铃铛就摇一摇这种风的动静，等下股子气流来了，铃铛也变成别种响动的“叮叮”。一部剧过后，一个角儿在你心中待一小阵子，稍微久了就变得遥远陌生，比如去年《都挺好》热播，我跑去保利剧院看“红红”——倪大红，他在眼里如足球偶像马拉多纳似的（他也刚刚去世），今年“红红”没新动静，他再去保利，可能就没秦海璐红了。

从艺者想让别人老惦记你的最佳法子，就是老有好作品出炉吧。

（二十八）

歌剧《冰山上的来客》

剧场：国家大剧院 · 歌剧院

时间：2020 年 12 月 4 日；星期五

歌剧是昨天晚上看的，本来觉得没什么好写——我是冲着雷振邦的那些歌去的，觉得歌剧的作曲者并没给那个剧再增加些能和雷振邦的曲子媲美的新段落，整个一晚上，其他的剧情就像是一支曲子和一支曲子之间漫长的间歇，你甚至可以玩玩手机，当然，“雷振邦”的基调始终是漂移在“道白”的唱段中的，就仿佛是彩云，一会儿这里飘来一朵，一会儿那边来一片，显然，作曲者是试图用那些我们从儿时起就耳熟能详的歌声的魂儿，串通这整场戏。

作曲家是本人最崇拜的，他们是唯一能“无中生有”的艺术家。写小说是有素材的，只要故事发生了谁都能记录，只是写得好和写得一般之区别，但作曲家就神奇了，他们笔下那些旋律——究竟是从哪里搞来的呢？真想不通，无非是上天的旨意！

在中国作曲家中本人最敬仰的其中一位，就是雷振邦。通常作曲家一辈子能给够后世留下一两首想哼唱的曲子就已经了不起了，而他竟然留下了那么多——《刘三姐》《冰山上来客》，那是一个集群！你听，那些时隐时现的雷振邦的魂儿一样的调子，那些用西域浑宏色泽调制的悠扬旋律就在耳边回响，雷振邦一个会拉二胡的北京人，是怎么把它们编出来的？

他实在太伟大了，难怪呀，后人只能取他的那么深厚的积存，慢慢地往两个多钟头的长剧中一点点勾兑，勾兑出那么一场也算不错的《冰山上来客》，看完后，你跟着又做了一场大雪山纷纷扬扬的梦。

直到今天早晨我仔细看剧照，才知道我差点错过了一个人——那个谢幕时身着蓝色长衫的女作曲家，她被收进我手机视频中了，原来她叫雷蕾，是雷振邦的女儿，而且她也是作曲家，是电视剧《四世同堂》里“重整河山待后生”和《渴望》《编辑部故事》等许多经典剧目的作曲者，她的曲子也是伴随我们成长的！我们在她老爸的旋律里“长大”，在她的曲子中“成人”！

要是这样，昨晚的《冰山上来客》可就不凡了，老爹的灵魂女儿延续，老爸的精华女儿稀释，一部剧，是近六十载音符和肉身的传承和接力：接力地谱曲，接力地唱诵，接力地聆听……

花儿究竟为什么这样红呢？

原来，是用艺术生命的血液染红的。

（二十九）
京剧《智取威虎山》

剧场：国家大剧院·戏剧场

时间：2021年1月3日；星期日

晚上去大剧院看国家京剧院演的《智取威虎山》——我这两年反思了多次之后，认定京剧是全球最高艺术：唱京剧的既能像帕瓦罗蒂那样高歌，也能像孙悟空那样翻跟头，能文能武，是全才，其他的任何演艺者都难以企及。

这是原汁原味的《智取威虎山》，几乎和我小时候在电影上看的一模一样，演员的唱腔、身姿和英雄气概，都着实地佩服。我还是头一次看真人演的革命样板戏。对于六十岁上下的人来说，《智取威虎山》是我们的童年记忆，尤其是我，我年少时最早练习写字用的钢笔字帖就是《智取威虎山》的唱词，我一笔一画地照着写，不知写了多少遍，越写越觉得汉字好看。那时候我还没有见过毛笔字帖哩，毛笔还好像是“封资修”（封建、资本主义、修正主义）的工具，因此，小时候练字最初用的是钢笔。

今晚对着舞台旁边《智取威虎山》字幕，我一字字复习儿时的笔画，似乎才真看懂那些字句的意思——艺术的理解是需要与年龄般配的。这部剧的歌词即使今天看，也是高水准和恰如其分的。

说回“六十耳顺”的主题吧：整台戏有两个地方搞得我挺郁闷，其一是杨子荣在深山老林中用手枪一梭子把那只东北虎的天灵盖给掀翻了——俺可是属老虎的呀，感觉脑门凉飕飕的，何况，东北虎是该谨慎保留的稀罕物种，咋说想死，就那么儿戏草率地打死了呢？

其二，是确定那个“崔三爷坐山雕”当晚办的是五十大寿，我原来以为是六十大寿来着。小时候看他那副样子像个很老的老家伙，其实他比自己现在的年纪还小整十岁，三爷“百鸡宴”没吃完整就被英雄杨排长给收拾了——当然，他是罪有应得，我是想说，六十岁的我发现五十大寿的崔旅长岁数其实不大，就有些发蒙。

今晚剧场中人不多，观众里玩命激动地鼓掌的也大都是六十岁前后的人。

回来等地铁时，一对六十岁的夫妻聊着聊着刚才的《威虎山》，男的就忍不住大笑、还差点掉下月台，他说想起了一段相声，相声里说有一次演出在威虎厅里杨子荣和“崔三爷”（坐山雕）比枪法那段，三爷先开的枪，本来他一枪打灭了一盏灯，留两盏给杨子荣一枪同时打灭——英雄么，没想到拉电闸的人操作失误，三爷开枪时一下把两盏灯都拉灭了，于是，留给英雄杨排长的就仅剩下了一盏，那个拉闸的为了补过就急中生智，在杨子荣开枪时索性把整个舞台的灯全拉灭了，舞台在枪响后一片漆黑。

今天“六十岁故事”就讲到此为止，祝大家明日 2021 年开工顺利。

（三十）

田汉《名优之死》

剧场：首都剧场

时间：2021 年 1 月 12 日；星期二

王府井大街人流稀疏。我去赴约话剧《名优之死》。这是首都剧场的戏，人艺的戏，田汉的戏。

我记性不好了，等大幕拉开，才确认这部戏是第二次看。

话剧的表现手法掺杂京剧的功夫——这是剧中的极品，对演员的要求也最高。

田汉的《关汉卿》和这部《名优之死》无论看几遍都不为过，因为越看越耐看。回味之下，竟然没有一句角儿、没有一句话是多余的，说的是一百年前的故事，但今天还那么时兴，我于是想：民国那些文人真把人性吃得透透的，也写得干干净净彻彻底底——几乎没给后人留下继续描写人性的缝隙。

《名优之死》中的师父刘振声（闫锐饰演）和女徒弟刘凤仙（李小萌饰演）的艺术观不同：徒弟认为“唱戏是为了活着”，师父却认为“活着是为了唱戏”——乍看像是颠三倒四的文字游戏，实质却是“两条艺术路线的斗争”。

写作不也是同样吗？我知道的“作家”中似乎也有两种，一种是“为了活着写作”的，另外一种是“活着是为了写作”——前者是那些写写就不再写的人，后者是那些写了还在写着的人。

比如，北京作协的张勇兄就必须每天写两千字，说那是一种“生理上的需求”，而且连颈椎都写出毛病了。

上面说的“写作”可是指自己写、而不包括那些搞抄袭的人——比如最近因“抄袭门”搞得纷纷扬扬的郭敬明，不知那类人每天抄袭上几千字是否也出于生理上的需求。

死在舞台上的艺术家除了田汉笔下的“一代名优刘振声”，还有法国写剧本的莫里哀——他死得很惨很悲凉，另外还有一个为艺术而亡的，就是我小说《柴六开五星 WC》里那个后来经营厕所的大提琴手“柴六”——他抱着提琴面不改色地朝湖里走去了。

《名优之死》里有几段梨园祖训，上次听了想记下来没能得逞，这次拍下来了，其中的一段是这样的：

此刻不务正业，将来老大无成，
若听外人煽惑，终究荒废一生。

文学是“正业”么？

也许是，但似乎又不太是。
假若不是，那真正的“正业”又是什么？

（三十一）

《威尔第经典歌剧作品音乐会》

剧场：国家大剧院·音乐厅

时间：2021 年 1 月 23 日；星期六

转眼刚几天，北京和中国许多城市就生活在被疫情偷袭的惶惶之中，20 日大剧院的舞剧《白毛女》被取消了——因为上海芭蕾舞团不敢来京，因此，刚做完第二次核酸检测，我就赶紧补上一场今晚的“威尔第经典歌剧作品音乐会”：大剧院合唱团，熟悉的面孔，熟悉的指挥——吕嘉。

威尔第的作品永远是那么的豪华，豪华的旋律，被豪华阵容演绎——今晚即使没有现场歌剧的人数众多，但熟悉《弄臣》《茶花女》《阿依达》的人仅凭想象，就足够润耳了。

听，《阿依达》“凯旋进行曲”在仅有大多半数观众大剧院的空气中回荡着，上次还可以用口罩有一搭无一搭地遮着半张脸、把鼻子腾出来喘气，但今晚不可以了，因此眼镜上的雾气云山雾罩的——要不是真喜欢听这些曲子，谁受这份子罪呢？

六十岁想耳顺，但眼睛迷糊。

人类什么时候才能从这一轮新冠灾难里，像《阿依达》里那样——凯旋呢？

我十分悲观：地球六七十亿人，只要有几个人还携带“新冠”病毒，那么短期内就甭想像《茶花女》中那样高唱“祝酒歌”，如此推想，难道未来几年，甚至十几年、几十年，地球人都要回归到意大利歌剧和中国昆曲在地球上“分居两地”繁荣发展的十八九世纪——当时东西方人各过各的、用两类迥然不同的理念和方法——把歌唱舞蹈艺术推到了各自的巅峰的时代吗？

我在看台上消极地想：有可能，地球上的人类从此进入偶尔彼此稀稀拉拉来往一下子半下子的地步，比如零星地派一两个使者互访，从此艺术上也各干各的。

但今晚还不是，今晚分明——中国歌唱家们用不如亚平宁半岛人宽阔的肩膀，用不比他们的音域宽大的嗓音以及他们的语言——意大利文，在高唱着威尔第的靓丽旋律——即便他们的意大利语我听着似乎元音有些个干瘪、也远没有意大利本地人的饱满。

我同时在和京剧进行着对比并发现了一个再明显不过的常识：京剧艺术家们个个文武双全，这一点意剧歌唱者远不能及，而且大多数的他们嗓子没有个性、都是彼此的复制品，但他们的长处在于合唱、在于共鸣，而共鸣带给人的心房震撼和情感震荡，是咱们各唱各的京剧——所不能比拟的。

因此，意大利歌剧的演唱——如国家大剧院歌唱团这般高水准的，是宗教性极强的音乐，你听闻时压根不用像我似的、还不时对比一下中意互译是否正确，就能够体验到如同在教堂中、在旷野里聆听上苍旨意、耳闻造物主教诲的感觉——因此你必须洗耳恭听、生怕遗漏半个音符。

有这么好的声音，再堵塞的耳朵只要听两小时后，就必然会通顺了吧。

（三十二）

舞剧《李白》

剧场：国家大剧院 · 歌剧院

时间：2021 年 1 月 28 日；星期四

昨晚去大剧院看舞剧《李白》——回想下，其实整场那个代替“一号舞者”（他膝盖受伤不能演出）扮演李白的“白衣诗人”，整晚上不就像在冰场上那样秀一个基本动作——转圈圈么？那个“诗仙”不停地转着，手里还拿着本诗集，而我在三楼“高悬着”用望远镜看他劲舞。

因为昨天是获悉《马桶三部曲》CIP 已经获批、时隔整二十年又能再版的激动日子，我竟然“冒充大尾巴狼”——心里以李白自居起来——他不就写了“天生我材必有用”么？李白也就是作家啊，但他是作协会员么？他会滑球刀和花样么？你干吗老转圈圈不停？你就不能用更丰富一点的肢体语言表现李大诗人？比如倒着转之类的？那些俺可全会呀！

谢幕时那个“二号诗仙”似乎对我从三楼上喷下来的“吐槽语言”——还隔着口罩——颇为不满，为了证明自己的真正实力，人家竟然从一团花簇般的“唐仙女”伴舞者群中连续两个鹞子翻身跳出了出来，然后冲着三楼的本人得意地挑战而笑。

这我可没脾气，谁叫人家才二三十岁，老夫我已虚年六十了呢！

（三十三）

芭蕾舞剧《天鹅湖》

剧场：国家大剧院·歌剧院

时间：2021年2月4日；星期四

“化境”是艺术的最高级别，是登峰造极，无疑，今晚中芭达到了，跳“白天鹅”的方梦颖也达到了。有时候，你恍惚间觉得舞台上的白天鹅已经不是人类，是鸟类，就像我在紫竹院看的那些不知从何而来又不知要到何处去的不知名的鸟，人神之间已经没有了距离，人的胳臂（“天鹅臂”）已经不是人体的分支，而是鸟类的长足。

天鹅的忧郁，天鹅的哀叹，天鹅的饱满情绪，天鹅翅膀的呼扇呼扇。

俄罗斯原汁原味的《天鹅湖》眼下已经不大可能在大剧院再现，但中芭的还有，也是这般的完美无缺。

柴可夫斯基的曲子没有一丝一缕的瑕疵，而且他一生谱了那么多曲子，就是没有一点点的缺陷，因此，他本身就是人神。我边看边瞎寻思——究竟是他先谱的曲呢，还是先有人编的舞？假如没有事先编好的舞蹈，那么，他怎能把这些旋律和后来的舞台那么严丝合缝地对接呢？

这是一个先有鸡，还是先有蛋的问题。

或许只有在国家大剧院最高的三层楼上危坐着“高瞻远瞩”才能领略到这台舞蹈编排的匠心独具，经过千万遍不同剧团的打磨之后，舞台上的视觉形状和空气中回旋着的“老柴”编写的那些音符已经把人类的美学理想所有死角都填充得没有缝隙——它（《天鹅湖》）实在是太完美了，它逼迫得这台舞剧之后所有的世间艺术，都变为顶峰之下的艺术。

（三十四）

《中央芭蕾舞团交响乐团音乐会》

剧场：国家大剧院·音乐厅

时间：2021 年 2 月 7 日；星期日

人的票因票价不同而被分成分三六九等，今晚我用的是 100 元的票听中芭演奏，因此是二楼极偏的座位，甚至必须斜着身子看。旁边还有个极其淘气的男孩儿，整晚上他身子和情绪随着舞台动静激烈波动得十分频繁。

中芭乐团从黢黑的乐池里走上了明亮的舞台，由于毕竟平常是“幕后英雄”，因此在台上他们显得有点朴素和低调。演出结束后我在地铁站上遇见几个身背乐器的演奏团员，其中一个说：“我都出汗了！”——听清楚后我很释怀——他们也是人，而不只是舞台上那些似乎有神明附身的乐圣。

指挥张艺，小提琴独奏黄滨。

记得第一次现场听协奏曲《梁祝》是盛中国演奏的，那是在20世纪80年代的东京。如今，“中国”人已离去。

黄滨绝对是个“冷面小提琴手”，长长的“梁祝”演奏过程中她竟然始终面无表情，这和丰富动情的“（盛）中国表情”完全相反，因此我起初怀疑她在演奏如此情感暗流涌动的乐曲时内心是否在随着音符而动?

但她的手指的确很“激动”，激动而精准地按捏着那把不知是不是帕格尼尼亲自用过的音色美妙的小提琴（她曾用帕格尼尼使用过的“大炮”小提琴演奏）。

之后是西班牙钢琴家、作曲家阿尔贝尼兹的《伊比利亚四大景观》的中国首演。以前没听说过阿尔贝尼兹，还以为他是西亚的作曲家，因为他的乐曲中西亚的音乐元素极多。

听交响乐时，尤其是你从没听过的，反而倒很轻松：不要追究其中的伟大寓意——像《命运》之类的，只任凭自己的耳朵不停被“合理的声音”灌注，同时发动自己的大脑，分析哪个部分编织得精彩漂亮。

交响乐是人类智慧之集大成，作曲家从天空中把那些标新立异的音符给组织起来，给编排成那般复杂而有根有据、有层有次的声音的大厦，每个局部都布置得那么的周全——没错，这部由四个部分组成的《伊比利亚四大景观》就是神品级佳作，其中没有什么多余，也没有什么缺少。

交响乐的主旋律是它的灵魂，文学作品也一样。

我至今编写的三十部书其实都是交响乐般的作品。每一部，我都用同一个或两三个主题将那些细碎的故事贯穿，比如笔下的这一部，它的主旋律就是“人生六十的切身感悟”。

最后，在观众的如潮掌声逼催下指挥张艺带领他的乐队演奏起了他们最拿手、也是全中国最正宗的芭蕾舞曲《红色娘子军》，由于是加演一般没被人制止——大家都嗨着嘛，我就“放肆地”用手机录开了，但只是录了起初的一小段，而最该录、最动听的那段大提琴领奏的段落没录下来——后来有些不好意思了，真遗憾呀，不过，能听中芭乐团现场演奏《红色娘子军》，我就算耳福不浅了！

（三十五）

话剧《吴王金戈越王剑》

剧场：首都剧场

时间：2021 年 3 月 6 日；星期六

昨晚看的，首都剧场。白桦编剧，蓝天野导演，濮存昕主演勾践。

一部好剧，好在台词。我原来以为白桦只是诗人，因此，一边看一边想着毕竟台词出自诗人的笔下，句句都那么押韵，意思都那么扎实。当然，时不时也会听到因为时代不同所造成的理解偏差的尴尬。这避免不了，今天我们说的话等到二十年后也会同样产生理解的偏差：你今天觉得很自然的说法，那时在台上说了，其中偶尔一两句也很可能会引发那时候人的哄笑，尤其是当观众中有几个笑点太低、禁不住丝毫词语“胳肢”的人的时候。

全剧结构完美，环环相扣，没有多余的零碎。

整部剧的“剧眼”在忠臣文种末尾说的那句话：“这到底是越王、还是吴王呀？！”

呵呵，一个曾经吃过吴王粪便的、卧薪尝胆励精图治的越王一旦把死敌消灭后，立马“华丽转身”就变成了对方，几千年的王权更迭史，不就是那么悲催么！

早知今日，何必当初呢——我是说范蠡、文种那些忠心辅佐勾践后来又被其诛杀的聪明人。

蓝天野老人真是活出了几辈子的人生！都 93 岁了还在执导话剧，还这么出彩。

谢幕时“越王”濮存昕请蓝老上场，走上台来的他步履轻盈，最后，他让观众和演员们一同合影：演员们在台上，我们在下面，而我自己，是在最后一排。

这应该是个历史性的时刻吧。

必须说：原雨饰演的西施，真好似西施复活。

（三十六）

中央歌剧院交响乐团《黄河大合唱》

剧场：国家大剧院 · 音乐厅

时间：2021 年 3 月 11 日；星期四

大剧院，《黄河大合唱》，中央歌剧院交响合唱音乐会。一晚上我跟着人数不大多但声音磅礴无比的合唱队心潮起伏。

他们不在舞台而是在最后排的座位上，男“黑”女“白”的服装，应和着“黄河大合唱”的悲愤基调。

可以想象，当《黄河大合唱》首次于 1939 年 4 月 13 日在延安公演时，那是怎样的悲壮场景。当时战争的胜败还全然不知，但我想，仅凭借这部旷世的乐曲和为它谱曲、作词、演唱、演奏的人们，就已经将战争的结局完全写就了。

虽然时隔近四十年我才再次现场听《黄河大合唱》，但每一句歌词我都能熟记于心。我曾在舞台上全程唱过《黄河大合唱》，1983 年在对外经贸大学的全校歌咏比赛上我们第二外语系演唱的就是这首曲子，而且本人还是领诵者，我在开场用高调的声音朗诵：

朋友！
你到过黄河吗？
你渡过黄河吗？
你还记得河上的船夫，
拼着性命，
和惊涛骇浪搏战的情景吗？
如果你已经忘掉的话，
那么你听吧！

随后，钢琴和全系的歌声才开始响起。

然后，是第二段、第三段……，直到最后的《保卫黄河》。

那年对外经贸大学的歌咏比赛竞争十分激烈，我们系虽然最小，但最终力压别的几个大系，出人意料地得了比赛的第一。

当晚，兴奋无比的我——那个“优秀团支部书记”还出了一期“号外”板报，题目是“弱者的胜利”，第二天楼道里围了很多看我手写板报的“路人”——都心里问着：“这是谁写的文章？！”。

只可惜，那个录制我《黄河大合唱》领诵的磁带遗失了，无法证明我在大学期间曾经的“舞台锋芒”。

所有以上这些，都足以用作诠释本人今晚在国家大剧院重听《黄河大合唱》的不平静心情，个人的“大半辈子沉浸”倒是其次，遥想这部伟大乐曲所产生的年代和那时候国人的困苦和悲愤，就足以让任何人的内心如同黄河之水那样，从天的尽头澎湃汹涌了。

（三十七）
现代革命京剧《红灯记》

剧场：国家大剧院·戏剧场

时间：2021 年 3 月 27 日；星期六

第一次看真人演的《红灯记》，正好比上次看的《智取威虎山》。

观看这种幼年被“灌制”进头脑里的剧时我一贯带着一种警觉：警觉自己的感知力是否准确，是真喜欢还是因为怀旧，而因怀旧的喜欢，就不算真实的。

大剧院的观众席一眼望去，前后左右似乎都是白发人——都不是看李玉和、李奶奶、李铁梅，而是看他们自己。

在《红灯记》曲调中长大的一代人重温旧戏时如此地专注和动情，这恰恰是我“怀疑”的：我怀疑当我们这些人都离开之后，当新一代人——那些头脑中对“革命样板戏”本来是空白的后生们是否还会喜欢这些唱段，因为只有他们喜欢，才是对戏曲艺术价值高低的真实测验。

和《智取威虎山》一样，《红灯记》里的这些唱词也出现在我少年曾用过的钢笔书法字帖上，因此每一句话该什么时候说，我都记得。

《红灯记》一幕幕上演，演员真棒，堪称老戏的复活。

结果和我带着警觉预想的相反：我发觉得这部耳熟能详的《红灯记》被自己真的看懂了——头一次，而且，它是那么令人感动的一部完美的好剧。

不说熟悉的唱词，只说故事，故事太完整感人了。一家人拼了性命保护和传递“密电码”，而少儿时我压根就不懂得“密电码”有何用。还有一些细节，比如李玉和同鸠山二十年前真的曾在东北相识，因此鸠山“设宴”时称李玉和是“老朋友”——在东北鸠山是当医生的，正因为是医生，他从叛徒王连举的枪伤上看出那是自己贴着打的……等等。

故事中的献身者都是铁路工人，都是无产者。

我想：当人们生活赤贫又外加有外辱来临时，但凡是个铮铮铁骨的男人，都会选择参加革命。

革命就是改变命运。

李铁梅参加革命时 17 岁，而我马上就九十岁的老母参加革命的时候也是她那个年龄，也是因为家中赤贫。

总之，无论你曾如何熟悉一部戏，被动看戏和主动看戏、年幼时看戏和年老时看戏，所看到的是完全不同的。好在，我终于在时隔半个世纪之后，不仅看到了真人演的《红灯记》，也着实被感动了一次。

这说是和幼年对接，似乎也不太像，说是人长大后“终于变懂事”了，总可以吧。

（三十八）

纪念马连良诞辰 120 周年京剧演出

剧场：长安大戏院

时间：2021 年 4 月 18 日；星期日

对我来说，今天是“马连良日”——上午去首博看“龙马精神海鹤姿——马连良先生诞辰 120 周年纪念展”，晚上到长安大戏院看连演四场的最后一场纪念马连良诞辰节目，是台“什锦戏”——表演的有各“辈”马派传人，还有马连良的女儿（马小曼）、女婿（燕守平）以及谭派、叶派、裘派、梅派的传人。

以前不太懂京剧，自从去年疫情开始后开始喜欢看“戏曲频道”，也去看了几场现场表演，于是便似懂非懂、似票友非票友起来。

首先敬服的是唱京剧的人文武全能，这以前说过。其次，京剧的唱词极好，句句都在说理。那些似乎和我们已经隔开了好久远的理：什么忠君呀，为臣之道呀，听戏时那些道理和词语将我们的思路一段段地带回到几百年甚至几千年之前，提醒我们自己的这个时代绝不是国人经历的一切，它只是微乎其微的一个小片段，就仿佛是众多曲目中一个五分来钟的唱段，说过去就过去了。而真正的历史是那么的漫长——从“赵氏孤儿”时代到“借东风”时代，再到“范进中举”时代（今晚有那么一段），之后才是你我经历着的这一小段呢。

再次，我喜欢总边看京剧边将它和西方歌剧、话剧对比，无疑，京剧是有骨气和风骨的剧种，唱戏的人个个气宇轩昂，舞台上的男角儿都像松柏、女角儿都似柳树。同时，我觉得京剧是一种“标准化”的剧种，怎么标准化？唱腔几乎是标准化的，都很雷同，当然，除了那段“贵妃醉酒”和那些现代京剧的唱腔，而西方的歌剧呢，每个作曲家谱出来的曲子都各自不同，所以听西洋歌剧想听的是好旋律。听咱们的京剧呢，在于咂摸其中的味道，在于“品”。品这个“马派传承人”和他们的师父马连良多么的相似，当然，一模一样的是最好的。而西方歌剧那边，不会有人使劲学帕瓦罗蒂或者多明戈，学得再像你也不是他们。

至于京剧的“派”，我开始并不以为然，认为“派”是对丰富性、创新性的制约，现在我有点改变想法了——在听了整整一晚上各种年龄段“马派”演员的荟萃演出之后，我想一种“派”之所以形成并被一代代复制着，说明那个“派”不只是一种格调的唱法，而是一类人生哲学的浓缩。就拿“马连良派”来说，那唱腔是多么的苍劲、飘逸、明澈，还时而呜咽——人性的悲悯也，因此，唱马派的人久而久之，兴许就变成那样的人了。

一个“派”，代表的一种人格。叶派代表小生的青涩，但唱好了，就会有少壮的刚阳。谭派那么的清凛、豁达，也是一种“高调之人生”！裘派么，听起来五大三粗，稍有点恐怖。

我还好奇为什么谭派的后人（今晚有谭孝曾先生）不仅能把祖辈的长相遗传过来，就连声音也能遗传，这似乎不具有普遍性吧！

（三十九）

山东京剧团现代京剧《奇袭白虎团》

剧场：国家大剧院·戏剧场

时间：2021 年 4 月 21 日；星期三

山东人真实在，把一台《奇袭白虎团》演得成色足足的，尤其是后半场，当第二个“严伟才”出场后，就仿佛在舞台上铺开了奥运会体操全能比赛的地毯，小伙子们在上面一个跟头跟着一个跟头地翻，毫不含糊，技惊四座。

记不得最后一次看电影《奇袭白虎团》是哪年哪月了，大概是在“文革”时代的后期，因此，过了大半辈子后我再重温那个年代的红色经典，禁不住几分兴奋、几分好奇：兴奋的是那时代的台词还依稀记得，好奇的是我们小时候原来都那么思维，说“穿越感”还不是，因为还没有回到唐朝、宋朝，但说“不穿越”也不是，因为这种时代符号性极强的艺术，只有从那个时代走过来的人，才能在脑海中回忆。

一场戏中让一个“文的英雄排长严伟才”和“武的英雄排长严伟才”分头演上下半场，这在大剧院并不稀奇，记得好像是前年（2019）吧，在大剧院看越剧《红楼梦》时，就一会儿上来一组林妹妹宝姐姐，一会儿又上来另一组林黛玉薛宝钗，多得跟走马灯似的，兴许是地方剧团好不容易到首都最恢宏的剧场演出，“角儿”们都想留下点珍贵的“出场业绩”吧。

《奇袭白虎团》虽说在八个样板戏中不算是突出的，也残留着有许多令人诧异的时代痕迹，但从戏剧的“含金量”角度说，应该是“性价比”很高的。你想呀，一晚上让你既欣赏了歌剧般的高声歌唱，又看同一拨儿演员在舞台上表演了一场极高水平的体操武打表演，世界上那么多剧种，哪种戏能做到这两项兼具呢？

还有，从表现战争题材的能力上说，含有武功成分的京剧是最恰当不过的选择了，那些演员个个身怀绝技，武功高强，动作利索，甭说是在演戏，哪怕真让这帮演员去奇袭一个“伪团部”，想必一般的敌人也会甘拜下风，不是被击毙，就是当俘虏了吧！

（四十）

话剧《大宅门》观后

剧场：国家大剧院·戏剧场

时间：2021 年 4 月 28 日；星期三

老戏骨雷恪生是演到一半的时候出场的，一出场就立马是个“戏精”，全身软乎乎滑溜溜的，怎么看怎么有戏，“老戏骨”自带光芒，在他那儿就那么的明显。

有时候看戏是冲着演员去的，演员没让你失望，超乎意料的出彩，这戏就值得看。

演白景琦的吴樾也超级厉害，毕业于中戏的他竟然还是个国际级武术健将！今晚他在台上还真的练了一套拳脚，因此他饰演的白景琦天然就有股子侠气和痞气。

按说那个白景琦是个十分邪乎的人物，本性上并不让人喜欢，只有加上些不把药的秘方给日本人的“民族气节”戏份，才使他作为主角儿的“道德底色”将将合格。

写白景琦这种矛盾和毛病一身的“狠角色”是需要一番功力的，假如着墨过于离奇那个人物就立不住，整场戏就会变成“审乖张”的闹剧，但不离奇他就不是个“混世英雄”。于是，怎样用正面的元素对荒诞的人性调色，最终把白景琦式的人物塑造成一个“可接受的人”，对于编剧来说是个苦和累的活儿。

和他类似的韦小宝那样的人物也不好写，写他的荒唐处太多了，就会变成闹剧和“闹书”，就没有可看和可读性。前些时候由张一山饰演韦小宝的新版《鹿鼎记》的失败，就是一个例证。

因此说白景琦、韦小宝这类的奇葩人物被搬上舞台，是要冒一点风险的。

说到底，哪怕我们不愿意公开承认，人们走进剧场去看戏时本能上是想看不突破道德最低标准的“好人”的，谁真愿意去看一个品行不端的人在舞台上任性地耍，比如像白景琦那样去济南府去招惹妓院的“头牌”呢?

艺术的“度”不好把握，把握的恰当就是好剧，稍不留神，就会是糟粕。

（四十一）
庆祝《中俄睦邻友好合作条约》签署20周年专场音乐会

剧场：国家大剧院·歌剧院

时间：2021年5月3日；星期一

今天是“五一”长假第三天。

一不留神我被地铁“甩站”到了王府井，于是，下了地铁往回赶、急行军赶赴国家大剧院。

降旗时刻，前路阻塞，天安门前万众一心都想看降旗，远远地我看见也拍到了那下降的旗帜。

平时北京人感觉周围只有北京人，但一到天安门，就忽然有了“融入全国人民大家庭”的感觉；从一个“地方人”到一个“全国人”，仅需多走几步。

我迟到了15分钟，那十五分钟是两国副总理的致辞，本想想听听俄语，却偏偏错过了。

莫斯科大剧院的实况表演前半部分通过大屏幕观看，后半部分由国家大剧院现场承担。

好神奇的感觉！屏幕上恢宏的莫斯科大剧院就在眼前，那吊灯，那豪华的内饰，剧场中气质高雅的观众，神情专注技能高超的歌唱家、演奏家，同步、同台、同时，仿佛他们就在你的眼前。

在疫情之前，这种“分庭抗礼”“各表一半”“各领风骚”“合二为一”的表演形式从没见过，那么，疫情这在2020年由天而降的“不速之客”是否从此以后将长久，甚至永久地将地球上分处各地的人类和族群，先那么狠狠地无情切割、隔离，然后再用这种同步视频的方式，黏合、汇融呢？

想起来，都挺奇怪和难以适应的。

柴可夫斯基、鲍罗丁的曲子，将人们的激情点燃。

今晚最好听的是鲍罗丁《伊戈尔王子》中的“鞑靼舞曲”，那旋律，好似华美的海啸。

当然，《黄河大合唱》也让人心潮澎湃。

不得不说但也只能说，在音乐艺术方面俄罗斯依然是“老大哥”而我们是小弟弟，他们是“师”，咱们是“徒”。

若问：你凭啥如此定论？

凭感觉，感觉能代表一切。

（四十二）

今天是个“悲怆”的日子！——听90后指挥柴六

剧场：国家大剧院·音乐厅

时间：2021年5月22日；星期六

今天似乎是个“悲怆”的日子，上午我去北语高翻学院参加10周年院庆。我虽然是个“票友教师”，但好歹也是看着刘和平院长一步步从一间极其狭小的教室，将一粒种子般的小小学院，仅用了短暂的十年就办得风生水起，让高端翻译人才如一批批流水线上的产品一般，走向社会。

我由此慨叹人生短暂，十年是一瞬间，能在瞬间中将一个挚爱的事业“定格”下来，然后乐呵呵地见其自我生长下去，还是像稻米种子田那样，一茬茬地高产国民所需人才，不正是人生最大之“悲怆”——可歌可泣可自豪之成就？

晚上带着那个念想去看90后指挥钱骏平指挥的大剧院交响乐团，还有小提琴家宁峰演奏的法国作曲家圣・桑的B小调第三号小提琴协奏曲。

宁峰的演奏登峰造极，这应该是我第二次看他拉琴。

圣・桑不愧是作曲家中的“情圣”，那从金属琴弦上流水般粒粒淌下来乐符，简直能将你醉倒。

特想说的是90后指挥家钱骏平——他在“古典也流行”收音机采访中和主持人谷悦对谈时说，一个好的指挥压根儿就不用和乐队事先沟通，只要指挥棒一动，乐队演奏出来的就是那个指挥的“某某”曲子，也就是说一个曲子的灵魂完全是指挥赋予的；他还说那是一种解释不清楚的奇特现象。

直到今晚我还不信他的那番话，因为我不知目睹过多少中外作曲家的“表演”，他们大致可分为三种：一种是完全和曲目脱节的，一种是半脱节的，一种是大部分不脱节小部分脱节的。

就说那老和“三高”（三大男高音）搭档的著名指挥梅塔吧，我现场看他指挥过——好像那天指挥的也是“柴六”，他就老站在那里一动不动，像是不在状态，也好像磨洋工。

直到今晚的“柴六”完全演奏完毕，直到小钱指挥从“悲怆”的情绪中走了出来谢幕，我才懂得他在收音机中对谷悦说的那句话——指挥能“定格”一个乐队和一支曲子。他今晚指挥的就是他独自的“柴可夫斯基第六交响曲”，就是悲怆、圆舞、奋进、再回到更深度悲怆——那四个环节完美的起承转合。

只见他用高大威猛的身子，用偶尔像大象吐气般“呼呼”地从肺腑发出来的声音，用喜怒哀乐四季般分明的精准变化，用大开大合的肢体动作和源自灵魂深处的心绪的大起大伏毫无差错地演绎，不，是复原出了柴可夫斯基写这个曲子时的状态！

他简直就是柴可夫斯基本人！哦，他的气质和神色中还有贝多芬、圣·桑转世灵童的味道！

90后在崛起，新的巨人在诞生！

我大胆预测：用不了多久钱骏平和宁峰就将是世界级的大师！

至少，他们是我在大剧院看到的顶级指挥和琴师。

回家路上瓢泼大雨裹挟着蒙古国舶来的泥点子，乐符般击打着抱头鼠窜的本人，我边跑路边模模糊糊地做着2021年5月22日，这个在365个日子中有点不平常的马上就要过完的一天的总结：在这一天里，一个原来比陕甘宁还艰苦、在比窑洞还小地方草创的北语学院完成了一个十年的蜕变，华丽转身，其育人事业进入全面兴旺。在这一天，一个国宝级的育种人袁隆平带着高大上的亩产量和少许的争议声音告别了人世。在这一天，我第一次目击一个90后超级指挥的傲慢崛起，因为他有资格和底气目空一切，他能将贝多芬、老柴和圣·桑的魂魄转还人间。哦，差点忘了，这天既有地震（云南）也有雷雨（北京），还有从晚上八点钟就停驶的地铁一号线……

（四十三）
评上海话剧《家客》

剧场：国家大剧院·戏剧场

时间：2021年5月23日；星期日

连着两天去大剧院“上班”，按说也够累的，看完之后还要写心得，就更累了。

一直坚持把看完的由真人演的剧给一一记录下来，是想纪念他们的辛劳，也是记录自己的心路。用十几场戏串联起一年的365天，那么，即使原本暗物质般的日子，也能变成项链。

《家客》可惜不是上海话版的，记得《繁花》看的就是沪语版，看懂的人，懂得其中滋味，听不懂上海话的，就干着急。

《家客》真是一出沪剧中的精品，比得上《繁花》，也不亚于《长恨歌》，它写出来了大上海的“范儿”，而且写出了民国上海戏的水准。

它的魅力在于南方人在细节上的精明，在人性把握得通透，在事理上的“拎得清”。

无疑，大故事是荒诞的：一个失踪四十年的前夫突然冒出来了，于是，一个妻子要与一个患心脏病的丈夫和另一个患肺癌的前夫“同室而居”。这不打紧，要紧的是三人相处时每个细节的描绘，剧作家写得那么巧，那么妙，那么既出乎意料又合情合理，这是极其难的。只能说剧作家自己活得极其明白，就琢磨并写出了别人也明白并能领悟到的人性的幽深之处。

海派剧和京味儿剧的区别是显然的。比如和前不久看的《大宅门》相比，两个剧都有荒诞化的处理，但京味儿的《大宅门》看着容易犯困和无聊——它其实是从概念到概念一路罗列的，人性缺乏细节，只是大历史框架中的点缀。而《家客》呢，即便是围绕着“1976”“知识分子”两个概念的情节展开，但细节是通透的，是饱满的，是精耕细作的，是“灵光”的，因此，它就立得住，让人服气，也能入戏甚至被深深感动。

（四十四）

看话剧九人出品《春逝》

剧场：国家大剧院 · 小剧场

时间：2021 年 5 月 30 日；星期日

《家客》是三人戏，《春逝》也是，北大“话剧九人”作品，小剧场演出。作品如北大的血（学）统那般的浓厚，是写民国知识分子的，写女物理学家吴健雄的。

提到民国会让人“怀旧”。其实怀旧所“怀”并不一定就是自己的“旧”，那种“旧”更像是内心的，是你对那种氛围有着舒适的感觉。因此，即便它是几十年、几百年甚至几千年前别人的故事和经历，只要与你也有想亲近的缘分，那也能变成你怀念的“旧情”。

民国知识分子仿佛是难以超越的，是因为他们的人数太少、还是因他们都学贯中西？那么自然科学的知识分子呢？比如传说中的中国居里夫人吴健雄。

社科的知识分子在那个岁月“大有可为”，社会的混乱和动荡有时候是社科的最佳试验场，但自然科学家呢？要想有成就，就必须远渡重洋，然后大部分终生未归：《春逝》的最后一个场景就响起了瞿（吴）建雄起航赴美时的汽笛之声。

走得匆匆，一去就不再能回，这就是那代许多知识人的宿命，正如剧中写的：“十年”说长则长，说短则短。

人生一步棋下下去，悔棋是不易的，有人去国出走时没觉得余生会在异乡，但转眼回望大陆时，已经黄土掩埋到脖梗。

话剧可以无数次彩排，但真正的人生舞台只有正式演出——唯一的一次，演什么样子，就是什么样子。

《春逝》算是个办公室幽默剧——即使结局悲壮，三个同事围绕两张办公桌子打转转——演出人生的喜怒哀乐和悲欢离合。

办公室的同事，对于有过中外（东京、蒙特利尔）总共九段“办公室经历”的本人来说就是生命的组成部分，就好比你是条鱼，那些同事们的魂灵就像你身上的鳞，想扒都扒不下去——会疼的。

至今本人的夜梦，除了梦见“三体”之外的“四体、五体”之外，那些是“外星虚构梦”，其余的都是“非虚构梦”，是与九段办公室经历中的各国各种族同事们轮番演出的“办公室故事续集”，有与我接着钩心斗角甚至吵架打架的，有还那么惺惺相惜情意绵绵的，有……

人生又好比是一趟高铁，你坐到自己的位子上之后，周边的人就是被指定的旅途同伴，甭管你喜欢，还是不喜欢他们，顺眼是他们，不顺眼也是他们。

但是，当我们告别职场，人生那台大戏的发生地时，我们就再无不想见也必须每天见的同事们了，当然，也包含那些在办公室里发展的铁杆朋友。

（四十五）

文字随想曲：听宁峰演奏帕格尼尼24手随想曲全集音乐会

剧场：国家大剧院 · 音乐厅

时间：2021年6月3日；星期四

上次看小提琴独奏应该是韩国郑京和演奏的全套巴赫，那天的郑京和像个赤脚大仙，随性踢掉鞋子演奏。

宁峰嘛，记不得第一次看他他多大了，反正那时候的他还是个后生的样子，如今长大成人。

啊，帕格尼尼——一个和“浪漫”二字同义词的名字，第一次被他的旋律弄得五迷三道还是40年前上大学时：午夜一个貌似踌躇满志的少年手拿个半导体收音机在操场的星空下溜达（当时的北京夜空还被星星覆盖），于是，帕格尼尼的旋律像星空中流逝的散状的星星，声响是金属的、刺耳而溜滑的，裹挟着无尽的关于美好的意象，就那么将“迷惘者”拽到了古雅的意大利、拽到了威尼斯的古老街道的一个同样是向着夜空敞开的阳台上，那悠扬的帕格尼尼音符，就是源自那里。

又过了多少年，那个北京星空下手拿收音机的少年已经踏着中年人的步伐，两次在黑灯瞎火的威尼斯水城的大街小巷中跌跌撞撞地步行，那时候他已经不记得帕格尼尼好似行云流水般的音符，他只寻思着和意大利人下一笔生意应该做点啥子东西？真要把威尼斯独特的玻璃器皿倒到中国去卖吗？

终于，他耳顺的年纪来了，宁峰也已经成人，郑京和更老了，何况也来不了中国——怕被隔离，早期暴发疫情时有创意地“阳台高歌”的威尼斯人也被无休止的病菌将耐心和浪漫磨平。于是，今晚咱们的大剧院，除了有零星几个说拉丁语系语言的欧洲听众之外，都是帕格尼尼的“外邦知音”，于是，宁峰在一个只有他一人站在中央的半圆形舞台上，让帕格尼尼的 24 首曲子从头瀑布般汩汩地流呀流，泻呀泻，灌溉着似乎永不解渴的观众们的耳洞。那时刻呀，小提琴兴奋了，演奏者忘我了，帕格尼尼回归人世了，而那个 40 年前手捧半导体收音机在校园操场星空下独自用耳朵和眼睛迎接外空掉落下来的噼啪叮咚哗啦音符的少年，却已经决意从此：

先——躺平、再内卷，然后，再躺平、再内卷，就地打滚，随地睡倒，打着步入老年后半痴呆的呼噜——再次魂飞亚平宁喽！

（四十六）
彩调剧《刘三姐》观后

剧场：国家大剧院·歌剧院

时间：2021 年 6 月 5 日；星期六

如果能给戏剧打分的话，那么今晚的《刘三姐》肯定是 100 分，而且是唯一的——它汇集了所有艺术的必要元素：美妙动人的歌声、美丽纯真的刘三姐、纯天然的壮族式幽默、绝对“野味”的精彩舞蹈、俏皮好听的广西方言、正义战胜邪恶的过瘾剧情、无污染纯净的爱情、世界独一无二的山水，等等。

第六代“刘三姐”赵华湘或许就是黄婉秋的转世，颦笑中、投足间、歌喉里活脱一个集智慧美丽顽皮野性于一身的传说中的女神再生，还有那个开始企图用对歌获得刘三姐芳心的莫老爷、他阴险的管家“进财”、阿猫阿狗样的三个酸秀才、热情的阿牛、刘三姐懦弱的二哥等，都随着后面桂林山水布景的一幕幕变换，一曲曲那么熟悉的歌——雷振邦作曲的，乔羽作曲的，将我带回了四十多年前上中学时第一次看电影《刘三姐》时的心灵迷幻。

吾生也有崖，艺术却无涯，中国人即使尽毕生之追求，就连气象万千的中华文化瑰宝都只能略微触摸到边沿。何况世界之大，中国之外的艺术更加变化多端、种类繁多，普通人又岂能逐一赏鉴。

因此，对艺术海洋中的极品——例如《刘三姐》这样的，我们只能隔着几十年的光景，与它在观众席上用望远镜、近视镜（我坐后排）进行一百多分钟的苦恋，然后又匆匆与它告别，再去用愈来愈“有涯”之生命去邂逅、品位、拥抱下一个不知是什么的艺术惊奇。

（四十七）

端午节前听
林大叶解密第五交响曲

剧场：国家大剧院·音乐厅

时间：2021 年 6 月 13 日；星期日

昨晚的歌剧《白毛女》因党百年成立庆典的彩排被取消了，因此我有些发愁今天的这场“周末音乐会”也会受“连累”，还好，如期举行。

我头一次白天去大剧院看节目，而且托老同学的福买了张 40 元的池座票。离舞台这么近，开始感觉不太适应——以前我总从上面二三层的“空中席位”上往下看，习惯了看音乐家们的头顶，冷不丁从平视的角度看他们，觉得他们像被放大了的照片。

终于看清了那位大个子“首席小提琴”（大剧院交响乐团）的正面坐姿，那姿势，那琴声，的确与他身旁和身后的“群众演奏家”不同。

我一直纳闷了多年，首席是除了指挥之外的“第一角儿”，从来都是男性担当，而且出场时也是要单独亮相的，但即便如此，他们和那些独奏的小提琴家之间——就比如上次来的宁峰吧，能互相顶替吗？

似乎是不能的，独奏家是“角儿之上的角儿”，是个体的，而乐队中演奏的都是“群体性演员”，因此，第一把交椅上的乐师哪怕再怎么优秀，最多是“群演的头儿”——而已。

由于是周末的普及性音乐会，今天来的都是家长带着儿童。这是怎么奢侈的一场音乐课呀——一流的指挥林大叶，一流的大剧院交响乐团，更一流的曲目——都是第五交响曲：贝（贝多芬）五、柴（柴可夫斯基）五和马（马勒）五；既有指挥派又有口才的林大叶（我头一次看他出演）将三个“五”中的曲子从一到四乐章拆开来揉碎掉再衔接起来，讲解特点，讲解结构，讲解如何赏析……无疑，这是 40 元人民币能获得的性价比全球最高的避暑音乐会！

20 世纪 80 年代在对外经贸大学的阶梯教室，我就是听了李德伦、郑小瑛、宁德厚三位音乐家的“入门课”，才走到这条已经延续了四十年之久的交响乐道路上来的。

听，“贝五”第一乐章的那几下“咚、咚、咚”的敲门声！据说那是“命运”的不速之客造访，那么，我们可怎么应对呀？！

琢磨了四十年而且也步入花甲之后，我决定——今后不再给那个不知是霉运还是“美运”开门，就让它在门一直外晒晾着吧！

第一次见到了“活的”作曲家——胡一轩，要知道世界上我最崇拜的人就是能“无中生有”的作曲家。演出结束后排队讨要了签名之后才知道，嗐，人家才二十三岁，比我女儿还小好多。

不过，听这首胡一轩在2020年闭门不得出时而谱的曲子《吟唱》，我还是不满意：普通人和普通人不能相比，小提琴家和小提琴家也不能相提并论，作曲家和作曲家呢，有时更不可同日而语。林大叶老师说胡一轩的曲子中没有像贝、柴、马那样好听的旋律，是因为她是“当代作曲家”、作的是可以没有美感的“当代特色曲子”。我则绝不那么认为，我坚信好的旋律是“上天的偶然惠顾”，不是谁都能像贝、柴、马三位那么幸运，能成为上天想出美妙的旋律后用他们的肉身当传递给人类世界的“托儿”，因为那个真正的作曲家——“天”，此时也在捶胸顿足冥思苦想着——俺咋就没灵感了呢?

明天是端午节，祝伟大的楚辞作家屈原大夫生日快乐！

（四十八）
“莎翁幻想”——焦阳、王之灵与大剧院管弦乐团音乐会

剧场：国家大剧院 · 音乐厅

时间：2021 年 6 月 19 日；星期六

今晚的大剧院真是人满为患。

第一首曲子是《孤虹》，小作曲家陈逸涵（26 岁）作的。听起来乱乱的，像是各种中国乐曲元素的“什锦”，还和“生与死”有关。26 岁的孩子用乐器表现生死，是不是有点着急了？

连续听了两个“青年作曲家计划”的作品（上次是胡一轩的作品），我都觉得不满意。

我觉得艺术真有“天涯海角”一说，比如那些伟大的作曲家——贝多芬、柴可夫斯基一类的，我们永远不要希望能够超越他们，哪怕是靠近他们，有几百年的功夫都不够，因

为他们已经达到了“必然”的境界。而后辈们则都是“偶然”——偶然侥幸能够成为偶尔的必然，但离“必然的必然”，差十万八千里远。

就跟刚刚发射到太空中的“神舟十二号”似的，三位宇航员们已经从几万里的高空俯视着我们，而我们呢，就是仰望星空的看客。

伟大的艺术家是旷世产生的，够到他们的高度，我们只能做梦。

第二个曲目是维尼亚夫斯基的 D 小调第二号小提琴协奏曲，拉琴的是一身海蓝的女琴手王子炅——啊，那架势，真是“飒爽英姿二尺琴”！

随着琴弦发出的是浓厚的俄罗斯味道，昨天北语“钉钉”网课上三位俄罗斯女同学（安娜、迪拉和池丽清）朗读她们的文学创作时，从开头到结尾就一水儿的“俄罗斯味道”：她们用列宾画笔似的色彩描绘着笔下的景物，那么不紧不慢，那么悠扬典雅——这也是维尼亚夫斯基的风格，也是之后的老柴的风格，真难改变呀，那块硕大而冰冷土地上开出艺术之花暖意的芳香。

莎翁笔下的无数行字经过了数百年后传到了俄罗斯，传到了柴可夫斯基的眼皮下面，然后，他捋着那些字符，再把它们演变成佳音的《哈姆雷特》和《罗密欧与朱丽叶》——这是两位艺术伟人的接力，而我始终不明白（可能今生今世也不会明白）的，是作曲家究竟如何才能把眼看的故事变成另一个版本的声音的同样故事，而那“声音故事”最终能再还原成“活动的故事”——凭我们的想象力，就是视觉、感觉如何才能变成听觉呢？为什么不仅会变，还能先出来、再进去、再进去、再出来呢？

还有，这和“偶然”“必然”也有关系吗？

（四十九）

中芭《红色娘子军》观后

剧场：国家大剧院·歌剧院

时间：2021 年 6 月 20 日；星期日

上周错过了《白毛女》，今天用《红色娘子军》补上，“七一”之前的“红色经典回顾”到此告一段落。

这是圆儿时的梦，看一场真人演的“革命经典”，这不，半世纪之前那些荧幕上的芭蕾舞演员——吴清华、洪常青们就在你眼前跳着你熟悉的舞，伴随着那么熟悉的音乐。

来看《红色娘子军》的观众三分之一是怀旧，三分之一是“组织”安排来搞集体活动的，只有三分之一不到——当然包括我，能看得出其中的门道。

判断“红色经典”艺术价值的难处，在于它们都是你儿时被强行灌制到你头脑中的，那么，怎么克服“儿时熟悉症”，客观地给它们评分呢？

现代京剧《奇袭白虎团》不好评，它是独一无二的，基本上没有“参照系”，但《红色娘子军》却可以。我相信，看过无数种西方芭蕾舞的本人，是能按纯艺术的眼光和耳朵给《红色娘子军》下个让自己满意的定语的，结论是——它是一部该得满分的伟大作品。

音乐和舞姿那么严丝合缝地结合，全场几乎零“废料”，那么好听的旋律——“万泉河水”那么的美呀，乐曲美，舞美，立意美，豪华而不糜烂，干净而刚阳。

欣赏着吴清华、洪常青（邱芸庭、佘兆环）飞飘而刚劲的舞姿，我思考着这台戏的“国际定位”——如果你不把它看作一台“红剧”的话，那么只要稍加改动，它就是一部不低于《天鹅湖》的经典：同样是正义战胜邪恶，同样有绕梁三日的美妙旋律，是革命也好，不是革命也罢，反正南霸天和《天鹅湖》里的恶魔总沆瀣一气，反正被鞭打的女奴要造反翻身——此古今同理也，用啥名义和旗号抗争，是文斗还是武斗，反而是次重要了。

邱芸庭舞的真好，像很多跳芭蕾的女星一样，她也有几分欧洲人的貌相，那个著名的由薛清华创立的“倒踢紫金冠”邱芸庭连跳了三个！

20 世纪 80 年代，我在东京工作时结识了薛清华的丈夫陈平，我俩经常一起打乒乓球。

（五十）王蒙话剧《活动变人形》观后

剧场：天桥艺术中心

时间：2021 年 8 月 22 日；星期日

今天是最后一场，破例地去了天桥艺术中心。

由于不是首场，因此和“偶像王蒙”见一面的夙愿落空了，不，可以说失之交臂，首场他露面过，王蒙老先生毕竟年岁大了，可能机会不再有。

作家和演员不同：演员你想见真人买票去看就行，作家是“关禁闭”式工作的，隐身是常态，因此见一次被自己从少年时代就“粉”的老作家，可能性微乎其微。

我读王蒙是从大学时代的《青春万岁》开始的，之后他的书基本都读过，咋证明？考博到第三年的时候，我一共考过四年，北大陈老师出的题目就是“论王蒙的创作”，我导师陈跃红先生曾和王蒙先生开会时同屋住过，出那题目非常自然，那道题目占 50 分，就是说假如你完全不知道王蒙咋回事，你那年的考博就泡汤了，还好我答了八九不离十。当然，由于另外一道 50 分的题没答好，我又考了一年。

我“粉”王蒙还有很多原因，其中一个就是他在新疆待过、会说维吾尔语，当然，他的英语在电视上听过，也不错。

说到今天下午看的这部根据王蒙同名小说改写的话剧，它有两个半小时之长，我除了中间小睡片刻之外都坚持看了下来。之所以用“坚持”二字，是看剧的整体感觉的确不爽甚至是压抑。这剧说的是家庭矛盾，而且是“个案性”的，就好像是一家人打架，从民国打到新中国，无厘头地打，打得恶狠狠，凶兮兮，本来似乎神经都不正常的一家人，因貌似合理的“留洋知识分子和家庭主妇不可调和的矛盾”，在近三个小时内用十分暴力的语言轮番互殴，于是我边看边反复琢磨这剧究竟想写的是什么？写得有意义吗？莫非是王蒙自己的经历在借文学方式“释放”？还有，我熟悉的王蒙本来就是语言上的“话痨”——哦，一个编辑老师也这么说我和我写的书，他喜欢用联排且空洞的词语罗列着过语言超级秀的瘾——陈老师说他俩同屋时王蒙给他的印象就是那般，因此，剧里的大小主人公们，大到六七十、小到不到十岁，都在用男女高音大声发布莫名其妙的怨恨时口若悬河、浩浩荡荡、痛痛快快、震耳欲聋、乌七八糟……（学王蒙风格），看得我等一头雾水，仿佛是花钱无端地被恶言恶语劈头盖脸“淋浴”了两个多小时。当然，作者并没忘多少赋予一点舞台上“一家亲们”用暴力语言斗殴的理由，就是留洋学生的理想主义和也不完全是山野村妇的媳妇——女主好歹是书香门第出身、脚虽然裹了，也才裹了一半——之间矛盾的难于调和。

我倒是看出了王蒙写这种剧的大致缘由——如上面我猜想的，这是他自己在宣泄自身的痛苦经历。

果然，回家后翻看《北京青年报》8 月 20 日刊发的王蒙的作品《老实交代》。他说戏里的人物的确出自他自己的家族历史，和他早年的痛苦经历密切相关，他是哗哗流着眼泪写的。同时他也承认这不是他一贯的本来风格——他原本是个乐天派，这部小说是个极端的例外。

这就对了。

（五十一）

回忆青春，看《理想之城》——岩花燃燃原著

时间：2021 年 8 月 30 日；星期一

这个夏天最精彩的电视剧，非《理想之城》莫属，尤其是在商场上“历练、拼杀、挣扎、获胜（获败？）”了近二十年的我，看这部剧的过程是实打实的“忆青春”。女主苏筱身上有我自己的影子——非常明显的，董事长赵显坤身上也有我自己的影子——尽管完全不是一个量级，上海的那些建筑工地上有我和部下们留下的足迹——我最后开的公司就是搞建材的……本人二十年间历经了五年国企、十余年外企、三四年自己的私企，在中国大型国有贸易公司总部、日本最大贸易公司总部、北美上市公司总部和自己的成立的小公司都做过，可以说职场上的每一个角色都亲身扮演经历过，只

不过不完全在一个城市，也不完全在一个国家。即使是有所不同、尽管量级也不一样，但女主苏筱的经历和她“那颗登顶的心”本人多少是有过的，只不过没上去顶而已，但对于从商者来说，“顶”又在何地呢？我不觉得有固定的答案。

每天观剧时，《理想之城》中每个角色出演时我几乎都能预判他们面对错综复杂的人事关系、业务关系时下一个可能的行动，因为我几乎都经历过一遍：新进公司时被不愿退休的上司连续挖坑险些被挤兑出局（见《马桶经理退休记》）；收拾东西愤然出走后又被 HR 从家中恳求回来（见《走进围城——新乔“内外交困”记》）；长达几年的办公室内惊心动魄地据理力争和钩心斗角，拿到中国工行总行门禁项目后，我的“光辉业绩”被刊载在全集团公司宣传报的头版；直到回国后当上“首代”、最终当上老板和“可怜的 CEO”后深思熟虑百般算计；为维系公司的惨淡运营、为平息分公司不听指挥和“红杏出墙”而搞公司制度的改革创新；还有拿到沪上大门禁暖气工程后的喜悦、被催货者堵住公司门的狼狈不堪（见《可怜天下 CEO》）……

所有那些类似苏筱和苏筱上司、同事们经历过的那些得意和落魄、起伏和跌宕都被我在若干本书中用文字埋藏，它们也将随着我在职场上的最终淡出而变为生命落幕后的残存辉煌。

（五十二）

沙溢、胡可话剧《革命之路》观后

剧场：国家大剧院 · 戏剧场

时间：2021 年 9 月 12 日；星期日

我原以为这个“革命”是配合着今年建党 100 周年主题排演的，看节目单后才知道“革命”是一条街道的名字。剧本是根据美国小说家的作品改编的，说的是一对生死冤家夫妻之间的故事。

《革命之路》而且还是名著和名剧，至少和《第 22 条军规》齐名。

沙溢和胡可原本就是夫妻，今晚在台上演夫妻，那种感觉是不是很奇妙？

不久前看过李幼斌和史兰芽夫妇演的舞台夫妻，也是真戏真做。

舞台上你用望远镜观看她（胡可）抱着沙溢含情脉脉时，

我简直弄不清楚他们这是在当众秀真夫妻之间的真恩爱呢，还是依照剧情规定动作在搞表演！

还有，这些夫妻演员在家里彩排时是否有时自己都分不清是在工作，还是在作为夫妻生活着？总之，没那种体验的人很难揣摩出来。

啊，巴黎——“革命之路”中被重复了几百次的字眼。剧里的“巴黎”象征着“梦想”和“希望”——一对北美夫妻拼命想移居到那里，而“北美”“纽约”则代表着“现实”和“平庸”，代表着日复一日重复的无用之功。但日常工作和生活不就是无聊枯燥和为柴米油盐而操心吗？

在北美“小巴黎”蒙特利尔生活工作过的我非常熟悉剧中人的生活：当年我在公司上班时办公室同事们也都时常地做去巴黎的梦，同样讲法语的“小巴黎人”谁不想去“大巴黎”看看呀，而只有我那类为数不多的“小高管”才真的实现了“巴黎梦”。孩子三岁那年（1997）我一家三口乘坐“红眼飞机”（便宜的飞机）去了巴黎旅游，那之后不久我又去巴黎出了趟差，还在埃菲尔铁塔的第二层吃了顿美味的法式大餐……嘿嘿。

本剧第二个议题就是“婚姻”。男女主人公弗兰克和爱博的婚姻最后莫名其妙地名存实亡了，至于矛盾的起因最后也没有能捋清逻辑，反正不仅仅是因为“巴黎梦”。因此，不幸的家庭给人的印象——咋都是乱七八糟的呢！

婚姻多么像是“赌石”——这个字眼是我从剧场出来后在地铁站冷不丁想到的，一块石头打开后是块美玉，你就赢了，但假如锯出来的芯还是石头，你就输了，可怕的是人生不长，并没多少块石头能让你赌，通常机会只有也仅有一次。

如果用本人的这种“赌石原理”衡量弗兰克、爱博的婚姻，他们显然是大输家。

（五十三）

看京剧演员演的话剧《网子》

剧场：国家大剧院 · 小剧场

时间：2021 年 9 月 18 日；星期六

国家大剧院小剧场可能是块“神地”，上次去我看的是北大“话剧九人”演的《春逝》，是学者们演的戏。今晚看的是风雷京剧团演的话剧《网子》，也是串行的，真一部比一部好，一部比一部有惊喜。

本来今天买的票是京剧《杜鹃山》，被取消了，也没得到通知，就顺便把《网子》“网”了上来，或者说被“网”进了小剧场。

京剧，我喜欢，和京剧有关的话剧，我更喜欢，不过今天的收获不仅是已经很熟悉了的那些舞台动作和唱腔，惊喜的是发现了一个人——松岩，他既是演员又是导演，竟然还是编剧。我这个老剧迷几十年还是第一次见到如此有才的大能人，以前从没听说过姓名且相貌平凡的他把角色演得是那么的灵动，一口京腔是那么的纯正，这本身就让我惊异不已。《网子》的剧情那么完善而有情份——那剧本竟然是人家自己编的，导演也是他本人，还有，剧里演“儿子”的松天硕竟然是他的真儿子！

《网子》的故事：一个替“角儿”们用网子勒头发的剧务人员为了让自己捡来的儿子当上“角儿”顶替别人坐了八年大牢，这情节够哈姆雷特和《雷雨》的，因此高潮处十分感人。更好的是松岩编的台词句句是“实话”而没有虚言，剧中人和剧情完全融合而让观众忘了是在看戏——这是难得的舞台艺术效果，好戏是戏，也不是戏！

散场时我对松岩竖起大拇指，他回敬我感谢的眼神。哦，刚才忘了再提醒了：人家松岩是有京城老字号京剧团的团长，他演话剧是在串行，真真的一个符合艺术人才，佩服佩服也！

（五十四）准点迟到地去看话剧《直播开国大典》

剧场：国家大剧院 · 戏剧场

时间：2021 年 10 月 5 日；星期二

国庆期间地铁“天安门西”站白天不停，晚上 7 点半后才会停车。于是地铁值班经理告诉我，必须坐 7 点 24 分那班从“南礼士路”站上车的地铁，方能三站后准确地赶在 7 点半之间在“天安门西站”下车，然后迟到五六分钟（剧 7 点半开演）坐到大剧院戏剧场的座椅上。

有点绕吧。

话剧《直播开国大典》（导演田沁鑫），其实说的是我家边上的中央人民广播电台的故事，刚解放时称作“北平新华广播电台”，他们惊险地完成了“天字号任务”，就是直播开国大典。

作为新中国成立前参加革命的父母的后代，什么时候听到毛泽东在天安门念的开国宣言，我都不禁有些激动，我会联想：当时的父亲母亲在哪里？他们知道了激动不激动呢？

还有，“革命”刚成功时期的民众——甭管那革命发生在那个国度，肯定都是最欢喜的人，他们的喜悦也最纯正，因为旧的秩序终结了，新秩序刚才开始建立。

今晚的“角儿”有三位，一位是陶虹——演《空镜子》的；一位是刘威——老演员；一位是张桐——刚在《觉醒年代》里扮演了李大钊。

陶虹演得傻愣愣的很可爱，而且声音贼大，上来就差点把话筒喊破。刘威和张桐我没认出来——因为是从二楼只能看个头顶。

一晚上看三个当红明星演出，值。

有趣的一幕：从国民政府广播电台接管过来的几个女播音员开始不会共产党播音员那种高亢的播法，而是用国民党时期慢慢的软绵绵的声音演播革命新闻，听来万分的违和又好笑。

新旧政权是怎么磨合过来的？我想，那一定非常痛苦和纠结。

（五十五）

哀喜可以交加——陈佩斯喜剧《阳台》

剧场：国家大剧院·小剧场

时间：2021 年 10 月 6 日；星期三

上午顶着秋雨送九旬老母去宣武医院治疗，晚上再强行去看陈佩斯的喜剧《阳台》，喜剧是早就订好的，母病是不期之殇，高兴与不开心在秋天轮流交替。

晚上按昨天晚上的例子在南礼士路地铁站等 7 点 24 分钟到站的车，一辆车 7 点 23 分多一点来了，犹豫，没上去，后一辆上去了，已经是 7 点 26 分。

我好奇起来：坐了大半辈子地铁，还是第一次按钟点等车的到来，再有，那辆 7 点 23 分的车假如我上去后它真不在“天安门西”站停，我又将如何呢?

不过，等地铁车的时候我也没闲着，手机上查谁得了

2021 年诺贝尔文学奖——说好了是今晚 7 点揭晓的。

落座大剧院小剧场时，比预期的迟到时间多了四五分钟。

我们几个迟到的被引导员带进黑乎乎的剧场，我看第一排一串座位没人，就悄悄坐着不动了，啊，头一排真好，这么近，和演员一同演戏的感觉！

我正得意，那个把其他人送进“指定位置”的引导员又转头回来了，对我说：“老先生，票价也不一样呀！”于是，我悻悻地摸到 13 排用望远镜看戏。

看来被人家惦记，也是个悲剧。

《阳台》我给 90 分。早就知道陈佩斯搞了小半辈子戏剧，原以为不过尔尔，今晚有点“开眼”了，对他刮目相看。

陈氏戏剧打破了我“戏剧必须有悲剧底色”的固有成见，他的喜剧就是戏剧，是喜上加喜，而不是悲上添喜，有点像二人转，也有点像莎士比亚喜剧，闹腾了一晚上却并不让人烦，荤的素的都有，也毫不忌惮。

陈氏喜剧的节奏很快，包袱套着包袱甩，你应接不暇，你乐极不生悲，你哈哈大笑，你还不用太细琢磨。

忠诚一个事业就需始终如一，陈佩斯离开春晚舞台后并没闲着，制作出档次如此高的喜剧并几百场几百场地全国巡演。他也算是探出了自己独特的路子：就是喜剧可以贯穿一个剧的从始至终，观剧时只喜不忧，哪怕你早上有了烦恼——像我本人似的，一旦进了他编造的笑的旋涡，你就把什么都抛到脑后，就可以尽情麻醉，可以先把伤痛忘却，然后悄然离场，再遁入秋雨般绵延的低沉。

（五十六）
深空之音，洗涤心灵
——听深空少年合唱专场音乐会

剧场：北京音乐厅

时间：2021年11月28日；星期日

Deep Space——“深空合唱团”，好生疏的名字，再打听，又太熟悉——中央少年广播合唱团，北京小孩儿们自打小时候的合唱梦之队，歌星影星的摇篮。因此，尽管介绍它“才成立一年”——这只是改变名称之后，其实它继承的是七十年名声。

这些孩子们的歌一听就那么“封顶”：把少儿的歌唱到了极致。

“极致”是什么，用我这个外行的定义，就是不用唱熟悉的歌，只选自己得意且能炫技的曲子，用声音的华美和表情的真诚，用举手投足间“小孩子的大气”，一下就把听众耳朵洗净。那效果，借用今晚团员自编自演的曲子《蓝色》

中的洗衣机来形容的话，我们原本脏兮兮的心灵，就好比洗衣机里的裤子褂子，而少年们毫无杂质的歌声，就是那洗涤剂，一个音符是一粒，一粒加一粒，一圈加一圈，转转转，洗洗洗，然后，再甩甩甩，两个小时下来之后，我们的耳朵、我们的心灵、我们的情绪，就被彻底洗濯得干干净净、污垢全无。

久违的北京音乐厅，静静的京城冬夜，在长安街边安坐，我们一起听北京娃唱歌，听北京歌谣《水牛儿》，这般熟悉的旋律！虽然早已不是童年，但瞬间被拽了回去那么遥远，那些娃们——小学的、中学的，就是自己已经被岁月涝干的水润旧影，我如今已经干瘪抽空了，是小孩子们温润歌喉，代言了我等曾经的纯真。

英语歌、日语歌、俄语歌、南美土著人歌还有武汉方言歌，发音都那么地道，哦，原来是常去国外交流演出，向外面的人展示北京娃的厚道、北京娃从小就自带的局气、中国少年人从里到外的善意。是啊，50 后、60 后，70 后……一路“后”下去，我感觉越往后国人越纯正善良，不只是表面的淳厚，而是内心安静雍容以及兼爱，这在今晚 Deep Space 合唱团的少儿们用纯美的声波向“元宇宙”的后院冲击的声势上，已经表现得酣畅淋漓。

（五十七）
观看普契尼喜剧歌剧《贾尼·斯基基》

剧场：国家大剧院 · 戏剧场

时间：2021 年 12 月 4 日；星期六

普契尼永不会让人失望，即便是在午后三时去大剧院观剧。

这个戏是如此之短，才一个小时，正因为如此，才能在晚上再演一次。我想对于那些专职歌剧演员来说，一天唱两场该不是问题。

歌喉这个东西有时候像是跑步，一旦步子（嗓子）被迈（唱）开了，就想接着唱下去，那样才过瘾呢。

最最动听的无疑是咏叹调《我亲爱的爸爸》。劳蕾塔用那么令人动容和心血沸腾的声音祈求她父亲成全他们的婚姻，这会我不禁窜想到眼下年轻人都不相信爱情，都不积极结婚了。

好的歌剧中都有一首“招牌曲子”，这也就够了。似乎整台戏一个钟头，有五十五分钟是在前后夹击地等着《我亲爱的爸爸》“天使旋律”的出现。

翡冷翠——佛罗伦萨，我2003年匆忙去过半天，记得站在那个古桥上看远方那么令人断魂，对，那是个断魂桥！

用意大利文半懂不懂地听普契尼几乎是本人的专利，不为炫耀，不为自嗨，就是感觉受用。

我简直不懂完全不懂意大利文的“大众”听中国人用满场意（吃）语演唱歌剧的感受，也不知道那些歌唱演员知道不知道他们唱的含义究竟是什么。但至少几百人里我多少听懂、多少能跟得上台词的节奏——说“真理在少数人手中”我无动于衷，但说全场仅有极个别人耳朵能原汁原味地和普契尼心声对接——我倒是没有意见！

（五十八）看京剧《伍子胥》险些受骗

剧场：国家大剧院 · 小剧场

时间：2021 年 12 月 8 日；星期三

我未来的那本戏曲评论集的名字已经想出来了：《百剧宴》——谐音《智取威虎山》的“百鸡宴”，那么，今晚这个戏该是第五十多碟“大盘鸡”了。

看了一晚上《伍子胥》——在大剧院小剧场，直到最后一刻，当“伍子胥”被余兴未尽的观众要求再加唱一个曲子、当他唱完之后忽然对观众用清脆的嗓音说“谢谢，谢谢！”的时候，我才知道前两个小时被骗大发了！他，竟然是个“她”，那个用老生嗓子唱了整场戏的伍子胥将军是王若丁饰演的，她竟然是个 25 岁的女孩儿！

在惊异的我以她为背景自拍的时候，她还顽皮地对手机镜头做了个V的手势，活脱一个小丫头！

起先我的确纳闷过：怎么这个伍将军身体那般的娇弱？幸亏返场让“他”现了原形，否则我现在还不会察觉上当受骗。

这就是京剧的神奇。

小剧场看小场面的传统京剧，看全场故事演绎，好像还次数不多。

那几个龙套很有趣，个个面目特征明显，还有两个一会儿上一会儿下搬道具的。我想，假如我也能走上京剧舞台，龙套和道具搬运工倒是可以考虑。

看京剧能回归古人的情态，我发觉《伍子胥》里三四个古人的习俗和规矩，现在已经不再：

其一，古人有“结拜”的习惯。一旦哥俩好了，想彻底好下去，就做个结拜兄弟，这习俗现在已经罕见。

其二，古人在“义气”上无论男女都有洁癖。比如伍子胥过江时被渔夫搭救，上岸后他返身嘱咐别把他的事告诉追兵，老人一听就转身投江了，是用义举告诉他：“你甭小看我！”

但老渔夫会游泳，是假跳河。同一种情形下，第二个浣纱女也投江了，她抱着块大石头，她用真死告诉他：你甭用小人之心揣摩民女的守信。

道德的洁癖！

现代人不再会这样了——用性命证明自己的信义。要投江，怎么也优选他伍子胥！

第三，古人经常被“灭门”。这个很可怕，楚平王就因为伍子胥父亲弹劾他娶了儿子的老婆，就把伍家一家人的头（不含伍子胥的）给切割下去了。

我觉得后脖子凉飕飕的：灭门这种“特色事件”似乎在华夏历史上比较突出。

第四是“借兵”。早先看古人故事中“借兵”的事情常有，早就不足为奇，今天却冷不丁想到那些被从不知道的何人、何缘由借走（需打借条吗？）去打仗并丢了性命或者战后缺了胳膊断了腿的兵士们，他们可否真情愿被“不熟悉的人”借走去和另一拨更不熟悉的人拼命？

被借走的兵士战死之后，也算英雄烈士么？

设身处地换位思考一下，这确实是个 good question（好问题）！

（五十九）
“自新大陆”
——大剧院建院十四周年音乐会

剧场：国家大剧院 · 音乐厅

时间：2021 年 12 月 9 日；星期四

大剧院这个“托老所”——于本人来说的，已经开张一十四年了。

是该搞几台节目庆祝一下。

我几乎每年都“自新大陆”（德沃夏克）一次——如同每年都“悲怆”（柴可夫斯基），就这么新大陆——悲怆，悲怆——新大陆，烙饼似的两面翻腾。

今天第三次收拾母亲的东西时收获颇丰，获得了“传家宝”——比如母亲获得的中华人民共和国成立七十年参加革命奖章（和老爸的合起来两枚），当然，还顺手捞到一个今晚用于看音乐会的望远镜，哇，这么清楚，再一看，Made in USSR——苏联！

莫非是20世纪70年代父亲去瑞典赴任时（担任商务参赞）路过莫斯科买的？还是他俩80年代在加拿大使馆工作时（也是商务参赞）逛 yard sale （地摊）时买的二手货？老爸的月工资当时才合一百多美元。没人再能给我提供答案了。

今晚十七岁的钢琴王子饶灏弹的曲子是肖邦第一钢琴协奏曲，音符中竟然闪烁着天空湛蓝的模样，我于是顺着乐符的阶梯，去太空和爸妈魂灵相会。

想起来昨晚同样是在大剧院小剧场，"伍子胥"有那么一句唱词："要相逢除非是梦里团圆"，真唱出了我的感觉。这几年亲朋好友紧锣密鼓地排着队地"走"，走得我已然麻木，已分不清遇见那些亲人挚友们是在地球的大马路，还是在"天路"的辅路上面。

他们离开之后，你忽然意识到团圆唯一一个途径就只剩下做梦，于是近来，我晚上八点钟就赶忙入睡。

肖邦的曲子从第一个动静就开始让你怀旧以及怀恋，怀恋那过去时光、那些熟悉却再不能目睹——哪怕是一眼的故人。

作曲家真是诗人！

"自新大陆交响曲"——下半场德沃夏克那么无"懈"

可击的系统性美声，也没能制止我的怀想，我想像父母在“新大陆”定居后的日子，咋过？哦，不对，除了地球有海洋，其他星球只有沙漠，没有海洋的比对，哪来的“大陆”概念？

（六十）

人间迥然异，艺术怎如初——第二场吕嘉、饶灏

剧场：国家大剧院 · 音乐厅

时间：2021 年 12 月 10 日；星期五

今天是第二场吕嘉（指挥）和饶灏（钢琴），下半场都是《自新大陆》（德沃夏克），上半场不是肖邦而是由刘炽谱曲电影《英雄儿女》和《上甘岭》插曲合成的交响乐，以及钢琴协奏曲《黄河》。

伟大的刘炽！

伟大的《英雄儿女》！

伟大的英雄风流时代！

仅仅一两个电影中的插曲和背景音乐就能被揉碎后拼接成像模像样、要素齐全的交响曲，熟悉的人就能用分散在音节中的碎片还原电影里原来的曲子，这多么的神奇！但这

成为可能的前提条件是《英雄儿女》和《上甘岭》中每一段音乐都必须是杰作，都能让听者过耳不忘，而这，似乎只有老电影里才能成为可能！

同样是抗美援朝片，《英雄儿女》的音乐多美，凡音乐响起处都使人热血澎湃、心跳加速。

由于那曾是一个真英雄的时代！

我一贯以为，我们无法回到先人的处境就难以真正理解早先的历史，而艺术恰是时代精神的产物，因此《英雄儿女》只能生成于儿子、女儿都是真英雄的时期，过后的一切模仿都是无用的功。

一样的，你听钢琴曲《黄河》是多么波澜壮阔回肠荡气，同上理，它也只能生成于民族危亡和英雄奋起的时期，曲中每一个音符都是由壮士血肉合成，还有弹琴的人，后人——如十七岁神童饶灏，他如论长相做派和琴风多么像当年一曲惊天下的殷承宗，也难于重复殷承宗旧日登顶之辉煌，这正如毛泽东所言“换了人间！”

人间迴然异，艺术怎如初？！

（六十一）

凡是舞蹈，就都是现代的！——《为人民而舞》观后

剧场：国家大剧院·歌剧院

时间：2021年12月11日；星期六

算是破了历史记录了，连续四个晚上到大剧院去“上班”，回家后还要写评语，为我的《百剧宴》攒材料，真不知道找谁去要加班费，哼！

官宣：明晚我休息。

算是怕疫情再反弹，大剧院三个剧场几乎每晚都高朋满座，本人也三个剧场转圈圈，集中地看、集中地写，一旦下拨疫情来了，就彻底歇菜。

北京舞蹈学院学生的舞蹈——《为人民而舞》，我买了71元的票，坐在三楼台上，我就是合格的“人民”——之一。

老娘留给我的“苏联制造”的穿越感望远镜，将71元的票秒变成了371元的。

舞蹈永远是现代的——甭管是古典舞、现代舞，汉族舞、少数民族舞，西洋舞，主旋律非主旋律舞……只要是舞者，就是用了舞者豆蔻年华顶尖的那一小节最艳丽的韶华——稍纵即逝的那段人体最健美、心最无顾忌、性格最坐立不安、手脚最喜欢乱动弹的年华，舞蹈绝对是“短命的”青年艺术。而这和长寿的“老年艺术”音乐迥异，音乐是复古的、复习的、复制的、年纪越老越熟透的艺术，我亲眼见过七十岁的帕瓦罗蒂、八十岁的殷承宗、九十岁的郑小瑛……演唱（奏），但我那天想见六十岁的杨丽萍跳舞就没能如愿，她只是出来亮了个相。

舞蹈是此时此刻，舞蹈更是未来，是对“物质本性”，人身体性能要求极其严苛的艺术，因此是昙花一现之美，是稍纵即逝之魂韵，那艺术中带着舞者的体香、肌肉、柔软、协调还有豁得出去的冒险。于是我说，只要是舞者就是舞动着未来，凡是用舞姿表达的艺术，就是现代后现代派艺术！

我是想说，观看等级高的专业舞蹈——如我不久前看的中央民族大学艺术学院还有今晚北京舞蹈学院学生们的舞蹈，可以说是顶级的现代性美的终极享受——因为你看到的是那些孩子们一生中最健壮、最美艳，同时也是艺术上最成熟、最深刻的一面，宛若看春天绽放的樱花，一旦美色到了极端，立马就落地成泥。由此说，我们看到台上北京舞蹈学院十几个院系学生们跳了一晚上的什锦舞蹈是带着稚气的老成，是衰败前的奔放，是艺术生命最高点的酣畅释放，是过这个村就没这个店（对舞者观者都是）的几乎有些残酷的终极肢体艺术之美。他们在用呵护锻炼许久的身体做工具在舞台上大泼墨似的写意，在极力突破舞蹈形态和立意表达的一个个禁区。因此，你完全可以不用在乎他们跳的“标题”是什么，你只需赞叹那少男少女们瞬时而永恒的优美，因为只要再过五年、至多十年，眼前这满台活蹦乱跳的年轻生命就会永远告别舞蹈和舞台，就会混迹于你我般之中，而不再会被欣赏和识别。

（六十二）

娜拉走后她丈夫该怎么办？——话剧《玩偶之家》观后

剧场：国家大剧院·小剧场

时间：2021 年 12 月 19 日；星期日

“A Doll's House ”，《玩偶之家》的英文说法，今晚扮演娜拉的王乙清真像个玩具，十分的“卡哇伊”（可爱），而舞台上也总有一个毛茸茸的玩具，在娜拉的手中被摆弄。

少年上学时就总读鲁迅的《娜拉走后怎样》，大半辈子之后终于在今天晚上看到《玩偶之家》这部戏，看到了传说中的娜拉女士和她的丈夫。

边观剧边想这些乱七八糟的：

（1）娜拉走后——她丈夫会怎样呢？老婆忽然出走，留下三个没娘的孩子，而且，按鲁迅的推测，娜拉的出路有两个，一是堕落，二是再次返回。

那么，她的丈夫海尔茂呢？他的出路何在？自己照看三娃？再婚？

一旦再婚之后，万一哪天没堕落的前妻娜拉又推门回来了，该如何处理前后二妻之间的关系？

倘若他再婚，结婚时间也是写“后戏”之关键，比如娜拉走后半年再婚是一个故事，娜拉走后五年、十年后再婚呢，又该是不同的编剧方法，总之，“续集”有多种可能。

还有，娜拉“堕落”究竟是指什么？

（2）男人一旦经济地位远不如妻子，会不会也“娜拉化”“玩偶化”，也会出走呢？出走后的丈夫的结局，会不会也还是一堕落，二返回？

（3）经济难道是决定在家中谁是次要的娜拉、谁是强势“娜拉丈夫”的唯一因素？还有其他别的么？

等等。

文化并不算太发达的挪威出产的易卜生真不愧是“现代戏剧之父”，一百二十多年前（作于1879年）的作品丝毫没有落伍感，台词逻辑句句相扣，人物关系环环相连，全剧几乎没有一句多余的话，每一句都说到了“点”上，都是整体不可缺少的组成。这就是所谓的“经典”的恐怖吧：它们能让人性穿透时空和国界，每一笔，都像是在为后人编写、描画，都在为子子孙孙思考怎么活着而代劳。

（六十三）

什么是“顶尖”
——观《中国顶尖舞者之夜》

剧场：国家大剧院 · 歌剧院

时间：2021 年 12 月 26 日；星期日

2021 真是本人对舞蹈这门艺术的刮目相看之年，尤其是连看了几场最精彩的舞蹈之后，今晚的“Top Dancers——中国顶尖舞者之夜”更是登峰造极。

杨丽萍、刘岩——顶尖的舞者，一个已经退役，一个坐在轮椅上舞蹈，然而就是她们二人，是今晚整台舞蹈的灵魂。

舞蹈是诗的艺术——相比其他的如歌剧、话剧来说，瞬间的肢体爆发，舞者用每个骨节儿“抖包袱”，一惊一险，这不就是诗的节奏和特征？用极短的符号，表达无穷意义！

中国真有舞神，而且一个接着一个，叹为观止，不可思议，有的浑身每个部位——包括那些最微小的，都会说话。

虽然只用半个身子舞蹈，刘岩作为舞者也是 Top，是顶级，她身姿挺拔优美，两只胳臂，更仿佛艳舞的金蛇。

顶级是超众，但顶级也是不可逾越，杨丽萍和刘岩都是，她们用了不同的方式登顶。

奥运会已经过去十三年，冬奥会马上开始，刘岩是上届奥运会的残留明星，她那年成功夺冠——用那么哀婉的方式。

（六十四）第二次看“芭交”跨年音乐会

剧场：国家大剧院 · 音乐厅

时间：2021 年 12 月 31 日；星期五

交通堵塞，紧赶慢赶，差点迟到——昨晚十一点还差一分钟，终于落座与正对着指挥张艺的第一排座席上面，节目单没了，正生气，旁边有人说：“送您一份吧”，哈，2021 年最后见到的一个好人！

“芭交”——中央芭蕾舞团交响乐团。

第二年这样“跨年”，今晚的大剧院仿佛是蒙特利尔的圣母教堂，每年都夜半钟声，不过那里是圣诞，这里是新年，都差不多。喜庆的红色，悦耳的音乐——这时刻的音乐既不要“悲怆”、也没必要“英雄”——好听就行，热闹就好。瞧，古筝《哪吒闹海》、组曲《喜剧演员》《自由探戈》不都是轻松的？还有《云南民歌四首》，这个我特别爱听，这几年我的新书都是云南人民出版社出的。我和云南有缘，能在浓烈的缘分中跨年，是一种恩赐。听，钟声响起来了，那个红衫少女打击乐手，笑着一下一下地敲，敲着敲着，就把1翻篇成了2。啊，2022，我们的本命年到了！

60年前一个甲子，那时这个年头一到，世界上就忽然奔来千万只张牙舞爪的老虎崽子，匆匆60年过后，我们都变成了"老老虎"——"老迈"的"老"、病虎，马上要退休的虎，不再有威风的老虎……

年份从1到2——2022，一连串的2，两个年，就是一个扁担的两头，最中间的那个平衡点，就是今晚的音乐会。

在无所谓什么曲目什么主题的敲打声中——我前面就是五个男女打击乐手——我盘算着2021的得到：除了出版四本新书似乎没得到什么。我痛悔着不再复活的晨光——那不再能去探望老母永久的"失"，现在都过去了，使劲调整再调整，自己和全球属虎的人今年都要好好摆正自己的"活姿"——活着的姿态。

那个比我小不了多少的谢顶打击乐手——打镲的，看得我跃跃欲试，我终于发现了一个自己也能加入乐团的可行性极强的岗位，只见他打一镲坐下歇半天，然后再打一下，连谱子都不用看，这个俺也会呀！

人过六十，天过傍晚，得早另谋生路。

散场后，2022凌晨驱车从点缀着千百盏灯的人大会堂前经过，只见，它在庄重中透露出神秘。

（六十五）
吐槽舞台剧《倾城之恋》（模仿张爱玲刻薄）

剧场：国家大剧院·歌剧院

时间：2022年1月9日；星期日

不算跨年音乐会的话，这台戏是本人今年的开年大戏——在奥密克戎病毒已经进攻到天津、刘晓庆的一台戏又被取消（因班底是天津的？）的情形下，有点《倾城之恋》中临危不惧奔艺术的感觉。

作家张爱玲我喜欢，张爱玲的作品我不喜欢，电影《倾城之恋》是因为上学期给学生讲文学课才看的，许鞍华、周润发、缪骞人，他们三人PK今晚的叶锦添、宋洋、万茜——结果是第一组胜利！

舞台剧太啰唆、太冗长，三个半小时，把许多观众都看跑了。

舞台剧？唯美？这都不是让人昏昏欲睡的理由，最大问题有四：

（1）时间把控不对。原本戏剧时间应该比生活时间更压缩，舞台是浓缩，绝不允许比生活中时间还长——比如我在家叠被仅一分钟，舞台上白流苏叠被子，竟用了五分钟，打一个哈欠又三分钟这可不是夸张！

（2）智力浓度太低。视觉盛宴——这没错，但除了视觉上导演的自嗨，张爱玲的智商完全没有体现，台词太套路，像白开水一杯。

（3）还是时间问题。创作者不能突破观众审美疲劳极限的两个小时，啥？你故事讲不完？说明你水平不行。

（4）电影和话剧的组合。这创意不错，但是要有节制。大银幕上两个丈八尺的演员忘乎所以地亲吻，舞台上他们两个小人在床上歇着，瞧，嘴巴比本人还大数倍！

Hong Kong，Hong Kong，倾城难忘之地，本人 90 年代去东南亚出差常来常往的落脚点。刚从越南西贡（胡志明市）的热带雨林中出来，飞到香港电影院看刚上映的《泰坦尼克》。罗曼蒂克之城，棕榈树的影子，半夜爬到山顶，沿着山脊走向幽深海边。香港的“浪漫”在于稀奇古怪、在于鱼龙混杂，在于包容东西，在于海风中的鱼腥味道。

男主：有钱的花花公子，没事就寻花问柳，人渣也，仿佛是战乱救赎了他，让他活着终于有那么丁点意义。没有战争的开始，“爱情”便无从谈起，故事怎么编下去？我疑问。

张爱玲作品的精华绝不在故事，而在文字的味道。因此导演不让张爱玲的文字出场，就等于在聪明透顶的女作家面前，玩起来极其幼稚的游戏。

张爱玲看了今晚这台《倾国之恋》，一定会倾翻肚子反胃，让酸水把舞台覆盖！

（六十六）

老来听《欢乐颂》！

剧场：国家大剧院·音乐厅

时间：2022 年 1 月 15 日；星期六

直到演出快开始时我看节目单，才知道今晚演出的就是贝多芬第九交响曲！

多少年了我一直想听它，不知怎的就是没有“得逞”，是演出阵容太大乐团不愿意演，还是我总是阴差阳错没机会听？

1998 年我回国之后几乎每年都听一场老柴的《悲怆》，可就是与贝多芬《欢乐颂》无缘，上次听“贝九”是哪年哪月都记不清了，可是，怎能忘记你的旋律呢？

20 世纪 80 年代在东京的时候我每年去千叶县习志野市和朋友奥村先生一家人听“贝九”，他夫人是合唱团的一员，应该是连续三年吧，每年都《欢乐颂》《欢乐颂》《欢乐颂》!

可这二十来年，就是悲怆、悲怆、悲怆，连续地悲怆下来。

中国交响乐团，它的前身不就是中央乐团么？那个李德伦指挥的中国第一交响乐团，80年代我对它多么熟悉。记得每个男乐师都身着黑色燕尾服，女乐师是一身黑铁色的舞台装。深黑色，那时代是多么神圣和有极端品位的颜色。

那是对交响乐好奇和膜拜的年月。

当时的中央乐团成员都比现在的年岁大，不，要大许多，舞台上他们正襟危坐，俨然是最高艺术的化身，高雅得简直有些瘆人。

如今这个乐团的“头儿”是李心草，他人就像其名称有着水草一样纤细的身材。吕思清的小提琴声不停飘动，舞台上乐器中发出的滚滚波浪，那根“小草”被阵阵音浪疯狂地撩拨。

李指挥绝对是个性情中人，从始至终他人都高度亢奋，把自己的整个身心都抛入音乐的巨大旋涡中。而且他还是个舞蹈家，随着布鲁赫、贝多芬的音符，他浑身每一个关节都似乎在“咯咯”响着、合着音乐的节拍剧烈抖动。瞧，他在和吕思清面对面一同尽情地跳着迪斯科!

他绝对是个没片刻偷懒的指挥。

李心草在舞台上精确果断的指挥动作本身就是英雄般的强劲，那不就是亡命地向一个“不可能达到的目标”拼杀的感觉？

久违的贝多芬第九交响曲果然不凡：四个乐章的分工那么清晰，有英雄入场、英雄彷徨、英雄自我疗伤和最终英雄高唱凯歌尽情狂欢……

大疫之年聆听“贝九”、品“欢乐颂”别有一番滋味。如今全球四分五裂、无数英雄落寞，眼下奥密克戎病毒兵临京津，冬奥马上背水一战……这几年天下无数英雄人物屹立着、挣扎着、匍匐着、跌倒着，这些，贝多芬谱曲时是否可曾想到过？

今天老伴从“长安商场”买回了几双本命年的红袜子——带“老虎”图案和脚踩“小人”的，看了后我说：“说不定这是我最后一个本命年呢。”

“对谁都一样！”老伴回答道。

花甲论英雄，叩问自己一生是否够格，不也是带着别样的感伤？

（六十七）

冒险去和老舍约会
——话剧《西望长安》

剧场：国家大剧院·小剧场

时间：2022 年 1 月 16 日；星期日

老舍新中国成立后编的剧一定要看！

何况是头一次看。

顶着北京首例奥密克戎现身、海淀已经有小区被封的“噩耗”，我足踏本命年鲜红“踩小人”的新袜子，去和老舍约会。

昨晚刚听完贝多芬的《欢乐颂》，今晚在话剧《西望长安》里却看到个相声演员苗阜扮演的“假英雄”——他操着陕西口音，一路行骗，最高骗到的职位竟然是“师长”。

苗阜演得好；导演（原瑾泓）导得好；老舍剧本也写得好。

老舍和曹禺、沈从文不太一样，他来到新社会后没有太大的“违和感”，因为他本身就是底层百姓出身，革命的成功对他来说一个是福音。

但写剧本是两回事，不能用旧社会的艺术表现形式写新社会的故事，但他还是写了《西望长安》，而且写得不错。讽刺喜剧的表现，真实的荒唐故事：一个坏人一路骗下去。

人可以说错话，但不能说假话，假话一句说过了，接下去，就要用新的假话覆盖和延续，如此，怎能不最后穿帮？

（六十八）

去石景山文化馆、听徐德亮唱京韵大鼓

剧场：石景山文化馆

时间：2022 年 1 月 18 日；星期二

头一次开车沿高速去石景山，感觉景物很是新奇，虽是北京人，我去石景山的次数和去通州的一样，是能用十个指头数得清楚的。石景山给人的印象是那么的新，不仅建筑新派而且布局松散、大气，宛如陌生的新兴城市。

水晶宫似的石景山文化馆，好漂亮的建筑！东西城文化馆是不是也这样，没见过，不知道。

去看徐德亮先生主持的“少白曲艺传习社讲座赏析”，来后才知道京韵大鼓在几百年前就如同今天的流行歌曲，时尚而受追捧。京韵大鼓有四个派系之多，而且有很大差别。

“少白派”大鼓真好听，能听出古色古香：始终慢悠悠的，道白京腔饱满，让人怀想到童年收音机里面的声音。是呀，我等小时候的辰光，就是这么慢慢的节拍，悠扬的调门。那时心安静极了，气定神闲，无忧无虑。

那就是大鼓的“韵”。

我们今天的快节奏生活基本是没“韵”的——压根来不及有。

也有撩拨人心的，听那曲《大西厢》！女艺人一身墨色旗袍，身材婀娜，台词唱得清脆悠扬，高音穿透冰冷夜空。

徐德亮老师还说了几段关于老虎的“段子”，有一点我没想到：他说古代没有动物园，因此古代真见过老虎啥样子的人几乎没有，更甭说拳打老虎，因为老虎是能灭绝一切生命的猛兽。老虎和猫绝对不是一码事，绝不会可怜任何生命，换句话说，当你见到老虎的真容时，你早已经是老虎的口中餐饭了。

啊？我有那么可怕么？——属虎而且时值本命年的我想。

（六十九）
安徽女婿看话剧《大徽班》

剧场：国家大剧院 · 戏剧场

时间：2022 年 1 月 27 日；星期四

我看话剧《大徽班》——说的是清朝时期徽班进京的故事，和别人绝不一样，因为我内人就是安徽人，就是一个“大徽班”，她已经进京四十余年了。

“进京”这两个字挺经琢磨，凡北京的大都是“进京”的，有的清朝进的，有的上个星期才进的。

今晚的演员中有我一个能高攀的朋友——徐德亮老师，他饰演其中一个“班”的老板，用现代话也叫“制片人”。徐老师如今才艺四面开花，评书、相声、大鼓、话剧、书法、写作，简直是一网打尽不留死角呀。

观瞧这种京剧和话剧混合剧时你要能分辨出两类演员，一类是话剧演员，另一类是京剧演员，比如徐德亮是属于曲艺兼话剧的，另外几个角儿——今晚这台戏的，有两三位一瞧，就是从京剧斜杠到话剧的。他们身上有“行伍人”的气质，不怒自威，有一股内在的杀气，就连那个“旦角儿”都是那样，甭看动作娘娘的却底气十足，那可是真功夫！

还有一个跟京剧诞生知识相关的“梗”，就在乾隆年间的一个监牢中，两个安徽戏子（演员）不经意琢磨着怎么才能让“戏”（那时候还不叫“京剧”）的声音别那么高——太高了把人吓着，也甭那么低——太低了让“座儿”（观众）昏睡。于是，他们灵机一动，说“对呀，不然就把安徽、河北的、京城的几种剧糅合到一起，搞出一种全新的戏，如何？”

那就是“伟大京剧的诞生时刻”。于是之后，就有了几百年间那么多“京剧流派”的诞生和传承，中国才有了京剧这种能让男人拥有女人的红酥手（梅兰芳），也能让杨子荣挥手一枪把坐山雕崩了（《智取威虎山》）的戏剧演员和故事。

如果那个狱中创作新剧种的桥段是真的，那太重要了，它可是一种崭新艺术形式出生的催生婆子！

再说回我家的“徽班”——我老伴，如今她也已经从黄梅戏改唱京剧了——即便发音仍然不准，而且至今不知道北海公园是在天安门前面还是后面，而我嘞，却无论唱哪出——京剧的还是黄梅的，都似乎逃不掉跟着安徽人一唱一和的“二类戏子”的低端身份——本来，京剧也是从人家那边“进京”来的嘛。

（七十）

春节前看京剧《河东狮吼》

剧场：国家大剧院 · 小剧场

时间：2022 年 1 月 29 日；星期六

前天刚说了我家“徽班”很厉害的事，今天就在小剧场看了京剧《河东狮吼》，真是屋顶漏了偏下大雨。

凡是京剧的“闹剧”你一定要看，古人也好逗乐子，乐子都在京剧中这种“幽默剧”里了。莎士比亚有《驯悍记》，那个我看过，咱们的《河东狮吼》今晚头一次看，真是能和莎翁的“门当户对”——都说“怕老婆”的事情。

男人怕老婆之所以能成为“剧”——古代的现代的，说明有戏剧性，而凡戏剧性都出于不是常态，所谓 dramatic。因此，可以尽情地演男人在老婆面前如何的怂包，比如今晚柳氏就对老公动用了“家法”并使用“搓板”等惩罚工具，还能换来阵阵笑声这不是常态嘛。倘若反过来，编一个老婆怎么怕丈夫而且丈夫也动用了同样的“刑具”——搓板、家法、绳子，那么不但观众笑不起来，而且还会打110报警。

弱的欺负强的，好玩，有违和感，反过来强的欺负弱的，就可能是刑事问题了。

由此说即便西方有《驯悍记》，东方有《河东狮吼》，老婆还是弱势的一方——瞧，俺这推理咋样？

“河东狮吼”故事除了惧内的陈季常，还有那个写诗的苏东坡，能和千古风流人物苏东坡同舟饮酒，那是怎样的造化？

今晚演大和尚的是王玥波，他高高的，胖胖的，秃秃的，还有，整台戏中时常加入如——so easy等和外文词语当代笑话，用穿越逗乐。哈哈，惧内是个大平台，古今中外都能在平台上玩耍，男和女，阴和阳，人类通性的两极互动嘛，咋说咋都行！

（七十一）

带着冬奥眼光观大型舞剧《五星出东方》

剧场：国家大剧院 · 歌剧院

时间：2022 年 2 月 11 日；星期五

一直在看冬奥比赛，好久没来大剧院了。

舞剧、考古、新疆和田、主演古丽米娜——我一听这些，就是知道今晚的这台戏将无限好。果然，一个个美艳并带着神秘感的舞蹈在剧情中穿插着，仿佛是一盘盘令人目眩的新疆水果，被端到偶尔陷入熟睡的我的眼皮面前。

前两天体检抽血，后遗症是特容易瞌睡。

新疆是个好地方，和田也不错，它在塔克拉玛干沙漠的另外一头，去年夏天我们的汽车穿过沙漠，一路走向和田。那是个终年在沙子中沉浮的城市，因为它就在世界最大的一大堆沙子旁边。

今晚，当舞蹈员们在台上亮相的时候，我有一种很神奇的错觉，说出来会被笑喷——我竟然误以为他们都穿着冰鞋或者滑雪板，因为一个星期以来，我们所见到的那些会跳舞的、能在天上飞的，会摆出各种不可能完成姿势和动作的都是那样脚踩着“家伙”的少年。哦，原来他们不是，大剧院舞台上这些也能将身体扭动扭曲得到极限的后生们并不是运动员，他们不会滑冰滑雪，他们只能“干”跳舞。

我得了冬奥会综合征！

（七十二）

冬奥缝隙看老舍话剧《老张的哲学》

剧场：国家大剧院 · 小剧场

时间：2022 年 2 月 18 日；星期五

看奥运比赛的缝隙中抽出身子，带着对老舍的敬意去小剧场看他的小说《老张的哲学》改编的话剧。

小说写于将近一百年前，而且写于伦敦。1926 年在《小说月报》上刊载，想起来了，我的小说《我在好莱坞演过一次电影》也上过《小说月报》呀。

《老张的哲学》以前翻过，印象中笔调蛮油滑的，京味的那种腔调，果然是，却不是幽默剧，因此全场没有笑声。

中途眯眼了，还真睡着了，史无前例，吓了一跳，万一呼噜了，就变成老舍笔下的被讽刺的人物。

不知道是自己老了，还是看惯了现代刺激性强的剧，再回到传统的叙事就觉得太过于悠长？

老舍不愧是“人民艺术家”，这个他早年的“习作”也是为百姓受苦叫屈的，满满的同情心，能瞥见《茶馆》的踪影。

百年过去了，今天的中华和百年前的又有怎样的不同？那当然，君不见冬奥的小火炬还在燃烧，冰墩墩、雪容融的热度还没减，张家口的树林中欧美运动员——而不是“八国联军”的士兵还脚踏滑雪板奔奖牌冲击，一个百年是那么的快，把北京人从上到下都改变了。然而，这摩登的现代背后不也有和百年前貌似雷同的东西？

时代在进步，进步的地方贼进步，没变的东西也因为偶然从历史的糟粕中冒泡，而令人匪夷所思、触目惊心。

（七十三）

冬奥最后日看儿童剧《冰墩墩雪容融之冰雪梦》

剧场：国家大剧院 · 戏剧场

时间：2022 年 2 月 20 日；星期日

下午的大剧院，也其乐融融，水的波纹在顶棚上流动，仿佛进了水晶宫。一路朝戏剧场走着，发觉不太对劲，身旁都是穿红戴绿的小朋友和他们的监护人，哦，原来是儿童剧。

奥运会结束日下午看冬奥吉祥物表演，不也是一种不可错过的仪式？毕竟下次中国再举办冬奥，或许举办地不再是北京，即使是，反正我早不在。

儿童剧，像做梦，画面魔幻，表演激情。剧场中传出的笑声和议论，也是一水儿的童声，那么的清脆和稚气，而且想说就说想笑就笑——咯咯的，也没人喊停，哦，今儿是儿童们的主场！

剧里那个什刹海的“老冰精”、一头的白发，不就是吾辈吗？他是什刹海，俺是紫竹院，都是老头爷爷精！

剧里的话：“输了，是别人和你比，认输，是你自己对自己说的！”有道理：有梦想，不认输，梦想仿佛天上的星星，但星星城里望不到啊，要去塔克拉玛干的大漠上，才能看个清！

还有好的冬奥警句：“过程决定结果，好过程必然有好结果！”（冬奥冠军徐梦桃的信念。）此次冬奥，人们从旁观开始，以全民情感参与结束，否则也不会开始冰墩墩没人理，现如今“一墩”赛黄金！

剧终时，那女童的冰雪梦找回来了，被“护送”回来了。只见红星满天空，“墩墩”“容融”起舞，好个大团圆，好个乐陶陶！

2008 年夏奥时我到处看奥运展、四处观演出，还记得当时北京城“国际人士”满街走，冠军们“秀水”（街）购物疯。

但这次，疫情下他们悄悄地来，又悄悄地走，走时候，谁也没留下一抹彩虹。

还有和那时的车水马龙歌舞升平相比，这次的街面冷清清，路上车匆匆。十四年过后，吾国吾民和“世界人民”之间距，是远是近，是亲是疏，此事真难说清。

但毕竟，冬奥最后还是嗨起来了，但好歹，里外（场馆）逐日欢乐颂也。

回头想：梦啊梦，你最终，还属于儿童！

（七十四）
从话剧《角儿》说到俄乌两国角色

剧场：国家大剧院 · 戏剧场

时间：2022 年 2 月 25 日；星期五

在战火已经开始纷飞的时候去看戏，即使是从前买的票，也有几分不落忍。

这是《网子》之后看的第二场雷京剧团的京味话剧，还是松岩编剧加主演，上次说了，他真是个大才子，是个大角儿。

梨园行当中除了角儿之外还有一个角色叫作傍角儿，就是和角儿搭戏的。

其实什么都一样，写作不就是如此吗？比如我这样的，写了几十年，就连个傍角儿都不算是。

然而，即便当不成角儿，却不见得不想当角儿和不热爱演戏（写作），是吧？

从舞台联想到俄乌关系。在斯拉夫民族之中俄罗斯无疑就是主角儿，而其他同类民族，比如乌克兰人吧，似乎永远是“傍角儿”，是在主角儿身边配戏的，一旦傍（伺候、配合）的不好，或者有啥歪心思，比如想自己扮演个独立角色，主角和师父就不干了，就狠打屁股——《角儿》演一晚上，就见那些“说戏”的师傅们一片刀一片刀地打徒弟们的屁股，还边打边说“这是送钱给你！”，那是旧时梨园通行的“打屁股文化”，挨的打越多就越可能成器、可能成“角儿”，当然，那刀是木头做的。

俄罗斯这次不就是狠打了乌克兰的屁股?

俄罗斯打乌克兰的另外一个俄似乎能充分证明自己做对的理由，就是两国原本是表亲兄弟，不是兄弟我还不揍你呢！于是，这个世界上又多了一种招呼不打就打进别人国家的理由——因为爱你们太深而且骨肉相连，所以老子才狠打你屁股呢!

（七十五）
观舞剧《曹雪芹》

剧场：国家大剧院·歌剧院

时间：2022 年 3 月 2 日；星期三

来大剧院看戏，真有看一场少一场的感觉。自从 2020 年初开始这个地球上发生的一切事情，就都那么的决绝。

就在这大剧院的戏剧场舞台，以前不知看了多少俄罗斯剧团演的剧，都那么的高端精彩，如今，却要对那个国家“另眼相看”了。但愿战乱赶紧收场，还地球一个太太平平。

这台舞剧很美，但审美也会疲劳，最近看多了舞蹈，就没那么新鲜。

《红楼梦》究竟是不是曹雪芹写的？近来争论似乎又起，是又怎样，不是又怎样，反正有那么一个作者。

曹雪芹很幸运，有几个志同道合的书友。

最后一幕的开头语：曹雪芹把自己写进了书里，打开《红楼梦》，就见到了曹雪芹。

同为写书的人，也有那种感觉，不过人家的书打开的人多，打开我书的人少而已。

（七十六）

“梦短梦长俱是梦，年来年去是何年”——看昆曲《牡丹亭》

剧场：国家大剧院·戏剧场

时间：2022年3月6日；星期日

这应该是我第二次看昆曲《牡丹亭》，古色古香的。

“梦短梦长俱是梦，年来年去是何年”，这是其中的一句唱词，在欧洲炮火喧嚣的时候来看这部四百年前汤显祖写的“古化石戏”，感觉真是像在做梦，不，就是在做梦。所谓的“梦里寻他”，寻的是太平景象，寻的是百花盛开亭台楼阁，寻的是还没有大规模杀伤性武器的那种“落后”，寻的是慢节奏生活，寻的是不战战兢兢地活着。

汤显祖笔下的戏词是半古董，文字基本全懂，但逻辑语法用词和当代汉语只算是雷同，是外观极其好看汉字的“堆砌”，因为选的字符好看，所以耐得咀嚼。

虽然沉浸在杜丽娘生死变换的传说中，耳听着扮演者魏春荣仙人似的悠扬唱腔，我脑中依稀还旁听着远方打仗的炮声，在想：明朝的古老的艺术真艳美，而现在人的相互厮杀真野蛮。

原始古老艺术都是讲究和冗长的，这可是《牡丹亭》的压缩版，长的要演两三天呢。

穿越一晚上，人生又入梦，此时真需要美梦的穿插，长或短都行，否则咋活着呢？

（七十七）

《红与黑》：时隔二十年又看梅婷演话剧

剧场：保利剧院

时间：2022 年 3 月 9 日；星期三

保利剧院，孟京辉导演、梅婷主演的《红与黑》。

时隔二十余年，又看孟京辉导的、梅婷演的剧。

那次是在人艺小剧场，我进门时，梅婷狠狠地瞪了我一眼："你是谁呀？"

当天还有陈建斌，只见陈建斌忽然将一桶冷水浇到了梅婷的头上，今晚也一样，梅婷同样被浇了凉水。可能孟导就喜欢用水浇演员们的头，这是"先锋话剧"的重要特色之一。

二十多年过去了，梅婷成了演《父母爱情》的名角，她和孟导也不会在演出结束后虚心听取我们观众的意见了。我总的感觉是，二十年过后梅婷从一个演员晋升到一个表演艺术家——用她那大段功底深厚真情饱满的台词和入戏之深的敬业，而孟京辉的进步不大，还停留在玩“泼水节”的所谓“先锋戏剧”的层次。

今晚的戏，经看的是传统的戏份，催眠的是先锋的胡来，传统见功夫，先锋无厘头，反正咋整都行，因此，似乎都可以删除。

扮演于连的张弌铖真有语言天赋，他能把拉丁语、德语、意大利语、英语和中国的广东话都说得很地道，至少是发音正确。

《红与黑》的背景：法国大革命时期、拿破仑皇帝、战争的血雨腥风；里面的人物：出身卑微的小教书匠、魅力十足的市长夫人、侯爵家的任性小姐。所有这些元素，只要是有了，就有好戏。

当时的法国是那么的亢奋，那么的斗志昂扬，人们那般疾恶如仇，社会也那么动荡、战乱不停，这真仿佛是眼下的欧洲。

爱情，永恒的主题，贯穿台上台下。

能演《父母爱情》的梅婷就是德·瑞纳夫人的转世，而那个处心积虑想进入上层社会的于连，不也一茬茬如飞蛾扑火，又恰似浴火重生的牛蝇。

司汤达《红与黑》问世近两个世纪过后，究竟什么是红、什么是黑，咱现在弄明白了吗？

（七十八）

演不尽的张爱玲
——观话剧《张爱玲》

剧场：首都剧场

时间：2022 年 3 月 12 日；星期六

首都剧场，《寻她芳踪——张爱玲》。原本已被上次在保利剧院看的《红与黑》消耗掉洪荒之力，还在恢复敏感神经的我，还是没经得起“张爱玲”三个字的诱惑，来到了今晚的首都剧场。

有的作家只写故事，有的作家自己也是故事，张爱玲就是后者。因此，把她的故事本身搬上舞台演几个晚上都不嫌多（我看过刘若英演的电视剧《张爱玲》），何况再让她笔下的剧情在她人生故事中穿插，那么，这台戏就是不想内容丰富，都很难了。

20 世纪 20、40、90 年代，三条主线织毛衣似的你一针我一线地穿插，勾连出一件三样色泽的“张爱玲”款的华丽毛衣。女主人公在家受苦的童年、出名后的青年、孤独避世的晚年，在同一拨儿演员的角色转换中完成，你甭说，还一点都没乱，而且不仅能平白交代清楚故事，甚至还偶有万丈激情——比如那些“张迷”们发出的按捺不住的狂热呼喊。

我绝不是张爱玲作品的“粉儿”，但作为写书人，我是她自己故事的迷。

我甚至想，哪天将我自己的小说人物和主要情节在舞台上拼盘一下的话，不也会很眼花缭乱和精彩纷呈甚至是迷倒众人么。

主演高伟伟，身材修长，有张小姐的范儿。谢幕时，当他们宣布“我们浙江话剧团的传统，是目送观众离开”后，站在台上和观众挥手时，我才知道原来这些演员来自我的半个故乡杭州。果然，音乐响起处，传来西子湖的拍浪，暖洋洋，柔情无比。观众们一步一回头，有的高喊“我爱你们”，主演用手搭着的爱“心”回应。

观剧这多载，还头一次受到演员的这种目送礼遇！

想起毛泽东那年病重在人民大会堂开完会让大家先走，他坐着不舍目送的情景。

张爱玲，不尽的话题，华人的骄傲，也是把“两性关系”说得太透彻和露骨的怪人。如此林林总总，哪能表现得清？

不过，让聪颖伶俐的浙江女子演绎上海女人的高傲和嗲，比起咱北京大妞儿的大大咧咧，不更接近原型？

（七十九）

只能生存不能毁灭——观藏语版话剧《哈姆雷特》

剧场：首都剧场

时间：2022 年 3 月 19 日；星期六

今天傍晚我收到第二十八部文集《六十才终于耳顺》的样书，正欣喜着，随后晚上就到首都剧场去看藏语版话剧《哈姆莱特》（濮存昕导演）。坐老同学推荐的地铁八号线在美术馆站下，真近，走几步就到了。

八号线这段的开通将一南一北的首都剧场和天桥剧场，一下拉近了。

原本选汉语版的来着，可我还是毫不犹豫地选择了听不懂的藏语，原因很简单，就是多一个语种。何种语言对于《哈姆雷特》这种我已熟知的剧的台词已经不再重要，重要的是旧中求新，于是我第一次看似乎已经极为熟悉却是头一次看的话剧《哈姆雷特》，也是第一次看一场完全听不懂的话剧表演。

演出没正式开场时上戏新毕业的藏族演员们穿着现代服装表演起藏族歌舞，一下子把我拽回了三年以前去的西藏。那悠扬的歌声，那放纵的舞姿，虽然陶醉却抱有疑心：这，难道是英伦的剧么？莫非它也像孟京辉导演手下的先锋话剧？好在不是。正剧开始之后剧情就中规中矩地展开着，有板有眼，一环扣一环，是传统的人艺话剧，也是，毕竟“濮哥”曾是人艺剧团领导，保守态度是必须的。

然而，这也是整场沉默（观众）和沉闷（气氛）的原因，不是演员演得不好——他们都很优秀，有藏族同胞的开朗和可爱，颇能还原十六世纪那早先的文艺元初。但也正因如此，才没有上周在保利剧院看孟京辉导演的《红与黑》那样的荒诞荒唐和意想不到。那种虽然离谱粗俗，却有无穷的意外出现，有乌七八糟的刺激，因此你看戏时候不会犯困。于是我又想，达到戏剧真正的“戏剧性”（dramatic）要有两个先决条件，其一是事先不告诉观众剧情下的首演，你试想，当这个故事被莎士比亚首次公之于众的那天晚上，肯定观众会随着骇人听闻剧情的展开——亲叔叔弑父娶母、侄子装疯复仇，边看边屏住呼吸，或者大呼小叫，一会儿悲伤痛心，一会儿情绪激昂，总之，绝不会全场鸦雀无声。第二个条件，老剧能让观众忘我的，是孟京辉式的胡搞——打破一切从前的成见，敲碎所有情节约束，让观众眼前惊奇频现，哪怕是恨不得骂死你的胡来，也不会总在预想之中枯燥。

这就是传统再现的二律背反，太因循守旧，太艺术性强，就会因为观众太熟悉剧情而没有太强戏剧性的效果。

看藏语话剧比大多数人又多一份享受的肯定是我这种语言爱好者。藏语在舞台上说着，中英字幕在墙上打着，你必须眼睛耳朵都用着沉浸在三种语言的互动之中。你会发现，“Lord”——“殿下”这个词出现得最频繁，藏语发音听上几遍你就知道了。还有你会听出“死”这个字的发音藏语和汉语相差不多，那个演员明明用藏语说“我死了”时，台下观众却笑了，还以为他搞酷穿插了一句汉语，其实不是。

演出结束后，白岩松和濮存昕出来介绍夸赞这些马上就要加入西藏话剧团的演员同学。我很久前与白岩松邻桌吃过饭，如今他已是白头小老头一个。哦，今晚演出前提示观众不要开手机等注意事项的是“濮哥”那熟悉的磁性厚重声音，那声音还那么好听。

英国女作家 Maggie O'Farrell 写了一部名叫 "Hamnet" 的小说。她研究发现莎士比亚时代“Hamlet”和 Hamnet 的发音差不太多，而且她发现 Hamnet 其实是莎士比亚夭折不久的幼子的名字。女作家自己也失去了一个孩子，于是她感觉自己终于找到了和莎士比亚之间的共同点，之后就开始动笔写那部书。她写书时抱着一个始终折磨她的问题——莎士比亚为什么将自己幼子的名字作为“哈姆雷特”这部剧的剧名，在他一遍遍写“Hamlet”的时候，内心难道不痛苦么？

我边看藏语剧《哈姆雷特》边想着和莎士比亚相关的事情。

“To be or not to be”被译成“生存还是毁灭”，我认为这个翻译其实是中文对原文的美颜，是丰富和加持，因为英文原意是那么简单：be 不过是一个原始的系动词而已。你完全可以译成“是还不是”，或“是什么不是什么”，比如“我究竟是坏蛋还是好人？”，等等。

再想想，眼下这个世界已经没有 not to be（毁灭）的本钱了，仅几颗核弹就能把包括人类的所有活物都变为 not to be（灰烬）——连坏人都当不成了，于是这个自从 2020 年开始就瘟疫、战争接踵而至命运多舛的星球，从今往后似乎只有“to be”（悠着点）——这一条出路了。

（八十）

一场既渴望听又犹豫听的柴可夫斯基音乐会

剧场：国家大剧院 · 音乐厅

时间：2022 年 4 月 3 日；星期日

清明小长假第一天，我白天去八宝山扫墓，晚上去大剧院听中央歌剧院交响乐团演奏的柴可夫斯基音乐会。

我自认为是老柴的学生，从创作方面说的，那么多的曲目、那优美的旋律，一生能驻留人世间的，谁又能比他的多？

忘情的小提琴独奏者刘志云，老柴的 D 小调小提琴的激越曲子，再加上《罗密欧与朱丽叶》气势磅礴的幻想序曲，最后以令人心潮澎湃的《1812 年序曲》收尾。满舞台的靓丽音符和成熟无比的演奏，这些都本来无可挑剔，但与我往常听的老柴音乐会相比，莫名其妙的，我竟多了一种焦虑。

在眼下战争与和平正在打架的世界大局之下，我是该来听老柴呢？还是不该来听，这是个问题，而且，这第一次真正成了一个严肃问题。

1812，拿破仑大军火烧莫斯科，2022 年，俄军围攻基辅。

舞台上，“马赛曲”的号角在拼命吹响，几千里外，炮火的轰鸣一刻不停。

听和不听柴可夫斯基本不应该是个问题，但假如你不被这个问题困扰脑海，那么，你这个人就麻木不仁。

音乐从没有像今天这样，倏忽间，变成了一道难做的——选择题目。

（八十一）

梦回宋朝：观“只此青绿——诗剧舞蹈（舞绘）《千里江山图》”

剧场：保利剧院

时间：2022 年 4 月 9 日；星期六

上海同胞那边和奥密克戎病毒鏖战正酣，北京这边却歌舞升平，这颇有一种今朝有酒今朝醉，哪知明日封不封（城）的不良预感。

让北京陶醉的是保利剧院上演的“只此青绿——千里江山图”，那副神图我几年前在故宫午门排队看过真迹，它是今生最值得看的一幅大美图，是的，比卢浮宫的蒙娜丽莎都美。怎见得？当我匆匆观看并拍照王希孟的大作之后，转身又看到一旁按同样尺寸的复制品，它和真迹相比简直是东施效颦，不堪入目。因为原图的色彩太过惊艳，那让人眼睛发光的“蓝调”，青蓝青蓝的，发着从大宋朝传递过来的明光，那种矿石蓝只有原图上才有，也是我毕生见到的顶级彩色。

王希孟，神秘的人，小小的年纪，就留下千古神画。

正所谓：无名无款，只此一卷；青绿千载，山河无垠。

凡顶级的艺术都是“孤本”，一幅画（如“江山图”）、一部书（如《金瓶梅》）、一种人格（如苏东坡）……

保利剧院舞台上的“大宋之花”在眼前一朵朵梦幻般地绽开着，它们营造的是我想象中的宋朝——那个文人们都想“回去一遭”的艺术至上朝代。宋朝是个丰富多彩的世界：多彩的衣裳、多彩的文墨、多彩的人性、多彩的政治军事故事（比如《水浒传》）。

那还是个有优美线条的时代，至少舞台上东方歌舞团的演员们都用他们纤细的身姿张扬着和那个时期画作上一样的“线条美”：婀娜多姿，干净明白，清清爽爽，有姿有态。

可怎么就是不见王希孟作画呢？在我的疑惑中，一组组用身体线条组成的如梦之诗，就那么吟唱完了。

回家路上看剧照才搞明白：原来整台剧是按照“展卷、问篆、唱丝、寻石、习笔、淬墨、入画”等分部一一完成的，人家讲的不只是王希孟作画，更是中国山水画诸种元素的故事。

本来么，王希孟其人就是一个似有或无没留下什么自己的生平故事、而仅仅留下一幅传世名画的“问号人”。

也如同那个什么自我痕迹都没留下仅留下一部传世经典《金瓶梅》的兰陵笑笑生。

青绿只如此，又何须多求呢?

（八十二）

亘古不变的日出日落
——观人艺新版话剧《日出》

剧场：北京国际戏剧中心 · 曹禺剧场

时间：2022 年 4 月 23 日；星期六

人艺的新剧场，冯远征导演，于震的出场，这些都是新版《日出》的噱头。

老版的啥时看的？忘了，可能是在四十年前吧，那时候中国刚刚改革开放，从成色十足的新社会一路走来的青少年的我看交际花陈白露、看剧中的那些黑恶势力，根本不用多想就把“旧社会元素”百分之百识别。因为那些现象“新社会”中压根没有。

四十多年过后，从今晚的《日出》中能看懂的故事比原来多多了——炒公债、炒楼、破产后寻死、被炒鱿鱼吃不上饭的银行白领痛不欲生，这种事就连我自己都多少经历过。还有剧中的妓女，前些年不也不很稀奇？因此，我反觉得曹禺《日出》里的“现代性元素”其实并不稀少，而且都仿佛历历在目，是时代没有本质进步？还是坏人坏事又回光返照？谁知？

最值得琢磨的是那个从没出场却最坏的“金三”，他的影子无所不在，他无恶不作，但曹禺间接交代说“金三是个抽象的存在”——那是个漆黑的幽灵，那种幽灵似乎永远不会从地球上消失，而且亘古长存。而剧里只点到为止，“日出”的意象，虽然它是光明的征兆，却可惜仅是偶尔登场。即使最终女主角陈白露看到了表述“未来”的灿烂日出，她还是吞药香消玉殒。

死亡是不可逆的，但太阳照常升起。

交际花现今已经绝迹，那些奇葩的女子曾是社会势力交汇的怪异亮点。

人艺演员的功夫可真是了得，生把一个让曹禺用悲悯之心“写透”了的血腥剧本给彻底演透了，演员们演技没有短板和死角，他们用漫长的三个半小时复原了近百年前一幕幕悲剧的现场。

百年匆匆而过人禀性难移，日出日落现象还在一天天演绎，花开花落，不也在每年重复？

（八十三）

一场话剧、两种穿越
——观人艺话剧《蔡文姬》

剧场：首都剧场

时间：2022年4月25日；星期一

昨天囤货的呼声在朋友圈响起，于是我囤完今天该囤的物资之后傍晚穿越过因恐慌而人迹几乎没有的王府井大街去首都剧场看人艺的《蔡文姬》。

徐帆、濮存昕、杨立新，都是老面孔，由于他们都是两栖的演员（影视、话剧），因此看着舞台上越发有母仪风度的徐帆，我便能走神，想起她和葛优在电影《不见不散》中的搭讪；看着杨立新表演时，电视剧《我爱我家》他那副可爱的德性也会从思绪的缝隙中插进来。至于“濮哥”前不久才见面，敬佩的是他除了把曹操演得如同真人，还同时在出演着另一部戏《简·爱》，两个完全不同时代和国度的台词，他咋就不会搞混呢?

开演前看剧院展出的《蔡文姬》演出史,才觉察出我和这部剧、这个剧场以及这些演员们竟有跨越四十多年的渊源。我记得第一次看《蔡文姬》的时候女主演是朱琳,男演员有蓝天野,而那是1978年;我记得第二次看的时候演曹操和蔡文姬的是梁冠华和徐帆,而那是2001年,今年是2022年。如此说来,我每看一次就一下子把二十多年看没了。在同样这个剧场,头顶着剧场顶棚同样的吊灯,如此说来,观《蔡文姬》的经历不就是自己成长的历史吗?这是在自己穿越自己。整晚,那些个历史镜头就在我眼前晃悠:舞台上的徐帆使我想起四十多年前台上的朱琳,徐帆在剧中用"朗诵式"的腔调抑扬顿挫念道白的声音简直和朱琳一模一样,就连念字的细节我都没忘。

不过,当时朱琳念"兮"时发音是"西",记得我是从那场戏才知道这个字怎么读,而今晚演员们有的将它读成"乎",有的读成"呀、啊",就把我整糊涂了。

《蔡文姬》大幕一开,一下子我们就回到了还有单于、有匈奴人的东汉和曹魏,仿佛穿越历史的"时差"。而那个曾经让蔡文姬远嫁并高吟出千古绝唱《胡笳十八拍》的民族,竟然说没就没了。

从前我在古巴曾经见过一个匈牙利裔的老妇,她说她和中国人有亲戚关系,他们匈牙利人都知道自己祖先是从东边来的。

难道，匈牙利人和匈奴人真有关系吗？

剧院大厅里展出着编剧郭沫若的手迹。这个剧本写得真有才华，符合“正剧”的所有检验标准。鲁迅曾骂郭沫若是“才子加流氓”，不过这个节目中他只是才子，而不是流氓。

（八十四）

一场应该被载入史册的“解封音乐会”——贝多芬交响音乐会

剧场：国家大剧院 · 音乐厅

时间：2022 年 6 月 6 日；星期一

诡异的 2022 年仿佛是一个盲盒，你不知道你下一个打开的将是什么东西，上次看演出是 4 月 25 日的话剧《蔡文姬》，当天晚上万没想到它会是“封城”前全城的最后一场演出，万没想到剧场热闹场景会突然消失，而那之后虽然北京并没有真正被封死，但万众静默，我们一同经历了一个多月难以忘却的难熬光景。

和那天类似，当昨天卖票小程序上说大剧院今晚将有“贝多芬音乐专场”——就在京城绝大部分区域可以自由活动的第一天晚上，买票时我也是懵懵懂懂地不太相信：不太相信那久违的剧场还会重开，不太相信那舞台上的艺人们还能再来，不太相信那热闹美妙的场面还将再现。但此时此刻，当音乐会已经结束，当贝多芬《命运》（第五交响曲）和《英雄》（第三交响曲）的轰鸣声已经消停，当我已经回到家中的时候，昨天的怀疑就已经成为多余。

吕嘉指挥的国家大剧院管弦乐团是好样的，他们“别有用心”地挑选并在同一晚上接连演出两部贝多芬交响曲，用这种少见的方式带领着满场观众欢庆一个多月来京城的经历——隔离、禁足、每日排队核酸、不能堂食、居家办公——的暂时终结。他们用非常时期的非常激情演绎了原本耳熟能详的名曲，因此那些曲调、那些旋律，就被非比寻常的内心狂喜所加持、滋养、灌溉，使它们变成听着令人万分振奋的福音，他们在特殊时期和特殊场合让贝多芬的万丈豪情复活。

不知因何，无论是《命运》还是《英雄》，今晚听着都像是“贝九”——《欢乐颂》。

多难兴邦国，多愁润音乐，多劫难多荒唐也会让平庸变成奇特，何况贝多芬原本就不平庸，他的曲目只是因演奏过多而失去了新鲜的生命色泽。

（八十五）

赞中芭女首席张剑——《奥涅金》

剧场：国家大剧院·歌剧院

时间：2022年6月13日；星期一

看中芭首席女舞者张剑的舞蹈真绝了，那是绝对的“化境”，宛如看张旭的狂草——我想不出更好的语言来形容观舞时的感觉，只能用这种“跨界”的法子形容。

别人舞的是姿态，张剑舞的是神魂。

她已经四十四岁，却在空中如漂浮的羽毛，能那么轻盈地在男主演（马晓东）的手中飘来飘去，使得坐在池座第二排的老夫我，也不由得有举手接住一把“白鹅毛”的冲动。

第一次这么近地看芭蕾舞，望远镜算白带了，他那些舞者就在我眼前晃动。当然乐池是空的，音乐是播放的，有人吐槽为什么不是真人演奏？如果再加上一只完整的乐团，你我还能只花 200 多元就与中国绝顶的舞者大眼对小眼？

舞者是地道的青春饭美食者，统共也跳不了几年，而这三年的抗疫期不知耽误了他们多少。他们从少时就饱受筋骨皮肉之苦，好容易熬上了舞台、刚开始狂欢般地起舞，却又被勒令猛然刹车。三年对观舞者无所谓，但舞蹈者他们的那朵朵昙花——却必须抓紧一现！眼下什么都移到了线上，线上能当先生教学——像我这样的，但线上怎能跳芭蕾呢？

我觉得今晚舞台上的那些翩翩起舞的俊男靓女们压根不是在表演，而是借机发散青春的漫天荷尔蒙，他们使出浑身解数，他们狂舞不停，他们这是在和“禁足（舞）”用蓄积已久的青春做超级能量对垒，而我等呢，分明是花钱陪他们玩嘛！

才看过奥黛丽·赫本主演的《战争与和平》，里面的宫廷舞蹈无比富丽美艳，而今晚的中芭舞蹈秀绝对力辗老片中十九世纪俄罗斯宫廷的高大上。

（八十六）

“一边笑，一边活”
——观话剧《福寿全》

剧场：国家大剧院 · 戏剧场

时间：2022 年 6 月 15 日；星期三

“一边笑，一边活”是这部由“鬼才导演”黄盈执导话剧的标语。《福寿全》这三个字不知道在我的戏单中被重复多少回了，可就是一推迟再推迟，似乎他们实在难为情，才就真的演了。

还有另一台期望好高的话剧：由郭德纲、于谦主演的《窝头会馆》也一再推迟，恐怕到演出的时候，连窝头都不再是黄色的了吧。

今晚主演阎鹤祥也是德云社出身。

这是一台讲述相声演员生涯的戏，它被黄盈编排导演得苦乐兼有，导演几乎调动了所有“上三烂和下三滥”的表达方法，外加除了两位主演之外四个配角超乎寻常的真功夫——尤其是松天硕和潘艺琳，把舞台整得热热闹闹目不暇接。过瘾是真过瘾，享受是真享受，我想话剧的魅力就在此处吧——好演员是带着灿烂光亮的，是立体和鲜活的，他们能带你入境，他们能偕同你穿越时空，而其实他们就是普通的活人，其实他们就在你眼前十几米的地方活动，但演好了你就真能随他们忘情入戏，直到忘记今夕是何夕以及你人在什么地方。

和西方的芭蕾舞相同，原来旧时代传统说相声的也要受尽皮肉艰苦——师父们的体罚，可见但凡艺术都不是舒舒服服就能入行。芭蕾舞摧残人情有可原，因为要练就足下的功夫，说相声的挨鞭子却不合逻辑——相声不是要幽默和搞笑吗，鞭子之下哪来真正的笑声？因此我更喜欢西人的“脱口秀”——从没听说脱口秀也需挨打，本来就一个人，自己抽自己呀？

人变老后观戏，尤其是观不时有“包袱”的这种戏剧，我发现会自己时常会被逼到愤怒无比的边缘——很多“包袱”甩出后年轻人听着哄笑了，而我却没听出来、没什么反应。愤怒之后我赶紧分析原因，其一是演员吐字不清，我没听明白；其二是那是年轻人的语汇，我压根就不知道。这时候我若跟着大笑显得傻——因为比别人慢半拍，沉默不笑更显得傻——因为分明是痴呆，于是今晚整场看相声演员幽默生活戏，我时不时还心中怒火熊熊。

“One more！”（再来一次！）——第一次谢幕后台下年轻观众们集体喊着，而且都脱口而出，这种话不是我不会喊——俺可是英语老师啊，可要是真使劲喊——一个六旬耳顺者，似乎也会和老者应有的矜持身份不搭……

嗨！这就是今晚这台戏“一（那）边笑，一（这）边活着”的应有效果吧！

（八十七）

喜看陈佩斯导演话剧《托儿》

剧场：国家大剧院 · 小剧场

时间：2022 年 6 月 19 日；星期日

这里的“喜看”二字是真的，一晚上看话剧《托儿》的观众笑声不停。上次看《阳台》也是这种效果，记得那天晚上母亲还在生死的劫难中煎熬，我是带着巨大伤痛去看喜剧的。

今晚这场话剧差点没看成，因为我的核酸检测时间已经达到三天的尾声和七十一小时，再过一个小时就进不去大剧院了，还好，进去了也坐到了剧场之中。

疫情期间的节目就仿佛是“托儿”，你即使买了票也难于判断是真演还是假演——就好比这场闹剧中的几个角色都是大骗子、小骗子、大托儿、小托儿似的，都在真戏假做假戏真做。

“托儿”是个典型的汉语词汇，不知英文怎么翻译。人这一辈子，谁都多少当过若干次“托儿”吧。

主演是陈大愚——陈佩斯的儿子，活脱一个陈佩斯复制品，而且是从声音到做派，相貌比爷爷、爸爸还要俊俏，美国大学毕业，喜庆而不俗，他能把家族喜剧事业传承下来，真是老陈家的福分！

陈氏喜剧两场看下来，我评价是国内话剧中为数不多能为快乐而快乐的剧，它们能让观众按捺不住在地大笑起来。这很难得，颇有点像莎士比亚的喜剧，能从剧情结构上而不是单从话语表层找到笑点，能把众多线索像织毛线衣那样细致地衔接起来，然后编织成一张大大的笑意的网子，把观众们开怀的笑脸在网中集结。

今晚是《托儿》这一轮连演六天的最后一天，陈大愚在谢幕时说实在太累了，是呀，搞出笑果是要付出体脑代价的，何况是满堂累累的笑果呢。

（八十八）

看徐帆最后演《阮玲玉》，品人艺戏中戏

剧场：首都剧场

时间：2022 年 6 月 21 日；星期二

对于今晚这场人艺的《阮玲玉》的戏剧性我是有内心准备的，因为他们院长任鸣先生前天（19 日）刚刚去世，我知道他和这台戏的关系密切（他是导演）。

我提前到了一会儿，发现首都剧场披红挂绿，是在庆贺着剧院成立 70 周年。我一算：它是 1952 年成立的，成立整 10 年后我才出生，刚过十几年后我就变成了它的看客，一直延续到了今天，由此该庆贺的除了人艺，还有我本人。

开演前前排一个观众正用手机对着剧院进行激动的直播——为她外地的亲戚。她说剧院虽然名气大地方却没多大，你看，还没咱们县里的礼堂大呢。

哦——

再低头看关于阮玲玉的生平介绍，发觉这个以前只是耳熟却并不熟悉的民国女星可真了不得：她死后上海竟然有三十万人为她送行！这让我联想到和宇宙齐名的几个文艺界巨星们的葬礼——梦露的、雨果的、鲁迅的……正想着，这时候徐帆——那个台上的阮玲玉，已经从光中走出。

我也是开幕前两分钟才从手机上草草看了下徐帆和阮玲玉的关系：28 年前，她（徐帆）第一次在这个舞台上演她（阮玲玉），而那时候他（任鸣）是导演。28 年后的今晚，已经 56 岁的她（徐帆）还在演 25 岁的她（阮玲玉），而他（62 岁的导演任鸣）已经去世，但这是最后一轮她（徐帆）演她（阮玲玉），在连演几天之后的 6 月 26 日晚，徐帆就将永远和阮玲玉这个角色诀别……

一个 56 岁的演员即将和 28 年前就开始扮演的那个 25 岁自杀离开世界的女星彻底地说再见了。

还有你再细想，28 年前徐帆演阮玲玉的时候，人们只知道阮玲玉而不知道谁是徐帆，因为她还没有成名，但今天在中国谁不知道女星徐帆呢？徐帆在知名度上虽然无法达到梦露、阮玲玉的高度，但徐帆无疑也是一颗耀眼夺目的女星。因此，虽然“老年”演阮玲玉在年龄上有违和感，但心理上已经几乎能和当年的女明星阮玲玉逼近甚至重叠，因此，28 年后观看再过几天就将成为“绝响”的徐帆版阮玲玉时，我们才真正撞见了“大明星演大明星”（一生一死）的绝无仅有的奇迹场面，而这难道不就是人生难得一睹的最精彩的“戏中戏”吗？

这种“罕见剧情”只有在这块面积不太大的、简朴得再不能简朴、几十年几乎完全没怎么变化的中国第一剧场的舞台上，你才能有幸看到。

《阮玲玉》这台好剧中最感人的台词是阮玲玉吞下三十片安眠药后临死前说的那大段独白，那是她告别人生舞台前的肺腑之言。我试想，当再过几天也就是26日晚上、当徐帆念诵她在人艺舞台上最后一次倾诉的那段“阮玲玉的心声”时，她的心中一定会波涛起伏百感交集和百般不舍吧。

（八十九）

躲到大剧院去避暑、听威尔第的咏叹调

剧场：国家大剧院 · 音乐厅

时间：2022 年 6 月 25 日；星期六

今天北京的热简直是破天荒的，我在紫竹院观荷花想照相时手机竟然被烫热得失灵了，担心在手里爆炸，就赶紧收进腰包。

家中的老空调——大约 25 年前安装的，也失了灵——拼命漏水，来不及更换，于是就干脆丢下絮叨得使我更加燥热的老伴到大剧院去避暑。

那么大一个大泡泡（有说“坟包”的），里面都是冷（阴）风，而且贼凉！

今晚的节目是《乘着金色的翅膀——威尔第歌剧咏叹调音乐会》，演员大都是大剧院自己的，都是独唱和对唱，也有一个小合唱。

今晚有别出心裁的舞台布置。半个舞台大的一块金银色斜挂的“飞毯”（翅膀？）上面，舞台上还摆着一架黑色的钢琴。

这些演员名字都不熟悉，但都应该在剧中见过，今天他们都一个个地轮流出场独唱。他们的身材和相貌都很接近我熟悉的意大利人：男的气宇轩昂，女的淑丽端庄。于是我猜想：唱歌剧唱久了人的相貌就会逐渐朝意大利人那边靠近——这真不是胡说，我上大学时学的是小语种，那时一个大班里共分三个专业：日语、德语和法语。快毕业的时候，我意外发现德语班那哥儿几个（他们班压根没女生）长得全特像德国日耳曼人：身材魁梧、面貌冷酷；法语班的那些人呢，都特像法国高卢人：男生大多脸圆、性格偏女性（有个上海男生竟然穿高筒网状丝袜上课），女生都媚态轻佻，都特像茶花女（今晚最后合唱的就是“祝酒歌”）；而我们日语班呢，不用说，个个都像是东北那边的……

今晚这些和古罗马剧场中男女优相仿的俊男靓女们用他们只能去现场聆听，没法用语言形容的美妙高低和花腔，将时间的指针使劲回拨，回拨到中世纪的亚平宁半岛甚至更古。我听着感觉那么像梦，觉得那么穿越。

（九十）

观雪莱夫人舞台剧《弗兰肯斯坦》

剧场：保利剧院

时间：2022 年 6 月 28 日；星期二

从保利剧院回来的一路，东城瓢泼大雨，所有的车都闪着紧急灯，一路开车踉跄着，但过了西单路口之后忽然马路就不潮湿了，感情是同一个城市被云团切割成两半，暴雨只下东城，就是不下西城。

今晚的剧，我本来不太知道详情，只知道它近来特别火。老同学提醒我说看剧的时候看到周边都是女生时你可别太惊异，到现场一看却不是那样，男生也有，只不过都不过三十岁而已。

原来那些女孩子们是奔着另外两个今天没出演的“帅呆一大片”男星去的。我呢，那两个人名没听说过，我只想看看老演员黄宏。

黄宏出场时挺安静，但一张嘴说话，他那口熟悉的春晚小品腔调就冒出来了，而且还底气十足、气场丰沛。他从各种舞台上失踪已经有些时辰，今晚看了，我感到仿佛和老朋友相逢一般。

今晚除了观剧的最大收获，莫过于看同台用手语给特邀聋哑观众们解说的两位老师的“罕见表演”。他们一男一女。我是第一次在现场看人用手语“激情澎湃地说话”——那真是精彩绝伦的表演啊。只见他们二人表情无比丰富，手好似闪电般快捷，这令人难以置信：人类的手竟然能如此之快地舞蹈，能用如此之多的细腻动作“发言”！

喜欢学习语言的本人紧盯着两位手语老师的手语，将其和耳朵听到的声音一一做词语上的对接。一个动作只要一重复出现，你把与它同时发声的单词配上，就等于掌握一个手语词汇了。比如，“工作”，就是两个拳头上下对上；“谢谢”似乎是在一个手掌上用另外一只手轻轻一抹，等等。还有就是比较直观的那些“词语”，比如表示内心激动就用手在心口做个“火火”的样子。这些具象的不难，难的是那些抽象的概念，比如“科学家让死人复活”“北冰洋”“逻辑”等，表达它们的方式就太令人费解了。还有就是逻辑关系，即使那些手势都能直白地看懂，但词语和词语之间的纽带——逻辑和因果关系如何表达，怎么衔接呢？

这个充满深刻哲思的舞台剧改编自英国女作家玛丽·雪

莱（诗人雪莱的夫人）在1818年创作的长篇小说。不看的话还真不知道雪莱竟然有这样一位也有超级写作天赋和深邃思想的夫人，她把当今人类所面临的自然科学研究会派生出人类难于驾驭的“怪物”（那个“怪物”演技最好！）的忧虑在两百多年前就用《弗兰肯斯坦》再直白和透彻不过地表达出来了。

是呀，我们在创作一个个科技奇迹的同时，也在无时无刻地和它们所带来的副作用——那些“超级怪物们”在你死我活地格斗着，比如核武器的幽灵，比如地球变暖的加速，而这只是自然科学领域的。社会方面呢，人类作为一种“有组织的群体动物”在不断构建群体组织的同时也在不断派生出自己难于驾驭的 、时不时就将人类带入万劫不复沟壑的“魔鬼怪胎”，比如那些“大独裁者们”、那些怪异“思想理论”和他（它）们所点燃的一堆堆难以被彻底扑灭的战火和血光之灾。

（九十一）

跨越六十岁大生日之前 看法兰西讽刺喜剧《科诺克医生》

剧场：大华剧场

时间：2022 年 7 月 2 日；星期六

再过两个小时就是本人六十岁生日，因此我确定这出戏是自己活满一个甲子之前看的最后一场戏。

走进刚落成的大华城市表演艺术中心，也就是早先常看电影的“大华影院”。它就在协和医院旁边，而今晚的话剧又是戏说医学伦理的，因此颇有一种“就事论事”的感觉。

法兰西人和英国人一样，颇能用戏剧讨论人类顶核心的哲理问题，上一场戏《弗兰肯斯坦》是讨论自然科学和人类的，是通论，这部戏则是讨论医学科学和人类的，又具体深入了一步。

如果我没记错，中国戏剧鲜有这种能表现“大议题”的节目，我们表现得大都是“具象”，而英法这两部戏则是用故事追逼哲理，用表演探知究竟。

究竟什么是“医学”？一个小城前后共有两个医生，一个说大家都没病，都是健康人，即使身体不适也是自然现象，于是他放任人们自生自灭，他的理论是“病人是过于关心自己的健康人”。而在第二个医生眼中，小镇所有的人都是病人，他认为“健康的人是忽视自己身体的病人”。

第一个医生行医时诊所门可罗雀入不敷出，而第二个医生仅接手诊所三年小镇所有男女老少就统统变成了“患者”、他的“客户”。

情人眼里出西施，较真的医生眼里谁都有病、都是老弱病残。

这和学“市场学”时所举的那个著名案例异曲同工：一个非洲小岛所有人都不穿鞋，第一个被派去卖鞋的人说压根没戏，第二个被派去的正好相反，说前景无限广阔，人人都可以是他的客户。

每个行业都会用那个行业的规则和视角“定义”这个世界：培训教师们的眼中世界人人需要补习，僧人的眼中人人需要普度，政客的眼中人人需要激励，银行家眼中人人手中的钱都需要流动，同理，伟大的“医学”太需要病人了！医学在发展壮大过程中将地球上的病人数量从“绝对零”发展到需要“动态清零”，让人类从人人回避医生怕进医院（俺这样的）到每天四下寻找哪里有穿白大褂的。

人类历史上，最起码在咱们这九百六十多万平方公里上似乎从没像今天这样，人们那么惦记着“医学”和追逐“医者”们。

算起来我也有当大华剧院隔壁协和医院的家属三十五年的经历了，每天和邱大夫闲聊的“医学问题”也从普通儿科到罕见病，本人也算是小半个“白衣天使”了吧。巧了，那个科诺克医生就是从“古典文学家”通过写一篇和医学沾边的博士论文而改行成“万能大夫”的。

时辰不早了。假如要我在两个医生中间取舍的话，我肯定支持有“过度医疗”之嫌的第二个，因为按照头一个医生的想法——“人一辈子最值得治疗的是头三分之二的青春年华，而后三分之一就让其自行了断吧”（大意），而老齐我再过一个小时，凌晨的钟声一响就要开始下一个三分之一岁月了……

（九十二）
时隔三十四年再看话剧《哗变》

剧场：首都剧场

时间：2022 年 7 月 4 日；星期一

昨晚去首都剧场看第三版《哗变》，按以前的拼命作风本来当夜回家就要写评论——趁着鲜活的劲头，但昨天实在太乏困了。原因有两个，一是话剧演完后我不知不觉身处“粉丝团”的包围之中，黑灯瞎火地等演员们一一开车出来（也有骑车的），等来了演员吴刚夫妇和大家期盼的丁志诚。我将那时候激动的场面发到朋友圈后，一个身处巴黎的老同学用微信提醒我说：“大圣，你难道没看清那些‘粉’们都是女孩儿吗？”而我原以为只是自己作为“粉”的年龄偏大（刚过 60）。等到家后已经十一点多了，我筋疲力尽，就没气力写了。

第二个没当晚写评论的原因是前天晚上只睡了不到三个小时的觉，除了第二天看话剧的兴奋期待之外还因为蚊子的骚扰。尤其是天快亮前偷着叮我嘴唇几次的那只，我一骨碌爬起，想确认那大胆家伙在哪里以及它的确切性别，但折腾到天大亮也没得逞。

我昨晚就是带着和三十四年前那场朱旭主演的话剧《哗变》久别重逢的小激动以及只储备了两三个小时的睡眠去“玩命”观剧的；哦，小紧张的另一个原因还有黑市买的这张票实在是贵，都翻了一倍多了，不好好看对不起那价钱。原本我犹豫过，但既然1988年那场我是为数不多的在席见证人之一，这种encore（法语，二次会）恐怕是上天的指令。于是，虽然晃晃悠悠稀里糊涂我还是坚持着去了，心想哪怕是睡倒在观众席，也算是人艺老票友应有的壮举。

还好坚持到了最后，而且还被裹挟进“粉丝大军”。

本来都六十了，都早到了该被“粉”的年纪——回来在空荡的地铁上，我有些闷闷不乐。

现在说说《哗变》吧，免得让催问评论的“齐粉”们苦等着。

剧情不用细说了，网上都有。单说表演，昨晚的阵容可谓“刚柔俱全”——冯远征（柔）、吴刚（刚），还有丁志诚、王雷。演得最好的当然是主角冯远征，那个“少校船长”最后被询问得巅峰了，而装疯卖傻歇斯底里以及变态发狂正是冯远征的最强项呀！于是，台上的他不一会儿就变成《不要和陌生人说话》里那个虐妻的男主角，看得我真想冲上舞台给他喂一口袋镇静药。

冯远征显然在模仿朱旭，从举止到口音（东北味）。因此，边看我边和 1988 年舞台上的朱旭进行着隔空的重合，我重合他们的肢体动作，我重合他们的神态，尤其是那个舰长变“疯癫”的标志——他手里突然攥着两个圆球狠命盘弄，使我完全回忆起三十四年前朱旭身穿美国海军军服在台上的失态和疯话连篇，那一刻，我不知道自己是在看戏还是在体会时空的无情重叠，我不知道是身在人艺剧场还是身在疯癫荒谬的大千世界，总之我的睡意立马全无，我的“时差感”顿时失效殆尽。

（九十三）

真能把人看疯癫的话剧《狂人日记》

剧场：天桥艺术中心

时间：2022 年 7 月 10 日；星期日

这部屡次延期好不容易上演的长达三个多小时的《狂人日记》真是名副其实，简直能让人陷入疯狂——用它的超级无聊。从 2019 年起我开始写《百剧宴》，这是第九十三场，却是唯一一场连最后五分钟都难以熬过，真想跃起身逃离剧院的票价昂贵的大戏。从经济上说：奇高的票价，为数不多的出场演员，性价比优势绝对在演出一方。

评论由鲁迅小说改编的剧就要用鲁迅的语气说事。鲁迅曾说："生命是以时间为单位的，浪费别人的时间等于谋财害命；浪费自己的时间，等于慢性自杀。"果然，漫长的三个多小时，而且竟然还是压缩版（最长版五小时）。那位波兰“当代戏剧大师导演”克里斯蒂安·陆帕和所有“先锋戏剧派”导演犯的是完全同一种毛病，就是用无限、无序“倾倒”的法子，凭感觉而不是凭艺术理性朝一个微小的核心概念“狂人”的水缸里任意倾倒毫无实质内容的水分，就好比往一小块“鸡蛋汤”压缩汤料里倒满一吨的开水，可想而知，那一吨的“蛋汤”喝起来是什么滋味！那么冗长的180分钟你要忍受怎样的煎熬！

我以前说过：没本事用最长120分把故事讲明白的导演，干脆就改行得了。《狂人日记》顶多用三十分钟就能把故事演完，竟然化了六倍的时间。

“戏剧大师”最可怕的是没有drama——“戏剧”感觉，不懂得什么是dramatic——戏剧性。你掺和进去的语言哪怕全是空洞无味的白开水，但整体的故事性是最基本要有的。《狂人日记》本来戏剧性不大，但你要自己编纂新“戏剧性亮点”呀，编不出好故事，语言又那么无聊，而且节奏出奇的慢，开场就定了格，三五分钟演员一动不动——这和导演李六乙有一拼，那么结果必然想见，就是除了偶尔演员闫楠靠“疯劲”（他竟然也是不久前所看的《弗兰肯斯坦》中演“怪物”的，难怪说话声音那么熟悉，掏心窝子说话那种）爆出零星的亮点之外，整台戏就是无聊加无聊的超级无聊，节奏如老黄牛拉慢车，叫人想睡睡不安稳，不睡对不起自己的宝贵的时间，于是，不是中途悄悄退场，就是闷头看手机，无趣得好令人不癫狂，真是那种被人用白开水“灌杀”的无奈。

因此，干戏剧要有对人对己“生命第一”的意识。

唯一的收获点还是鲁迅的小说文本——那一百年前关于“吃人”的讨论。要说百年之后人还在吃人，比如一切战争都是变相吃人，除了“肉体吃人”，还有“精神吃人”和“物质吃人”。至于鲁迅说的“救救孩子”，我倒是以为眼下救老人比救孩子更加迫切，因为明显的“坏人已经迅速且大批量的变老了”，不是嘛，那些你觉得完全和你“三观”不同并时常冒出些逆反人性可怕言论的“疯子”和“狂人”，我看在新生代中鲜有，倒是在与我的同辈和高辈人中大有人在，再不救救他们可就真来不及了。

我呼吁：快救救老人！

（九十四）

一个能凑齐“表情包”的钢琴家
——听郎朗的“大师课”

剧场：国家大剧院台湖剧场

时间：2022 年 7 月 16 日；星期六

那“课”是昨天下午听的，在国家大剧院台湖剧场，通州，要驱车狂奔几十公里嘞。本着“贼从来不空手”原则，我回程时还顺路“趁热”（酷热）游览通州大运河森林公园，独自“视察”了京杭大运河的北端。

上次听郎朗弹钢琴是在约二十多年前的人民大会堂，那时他是个才年满十八岁的青年，我还把当时的印象写进《我在好莱坞演过一次电影》中。现在搜查一下，得知他已经年满四十岁，已经人到中年。从年龄和声誉上说，而今的郎朗绝对是大师，二十多年过后他完成了从一个青葱少年到成年人和从学生到老师的过渡。昨天在“大师课”现场，他自己的老师也在，在郎朗的招呼下全场观众向他的先生鼓掌致意。

主持人开始眼熟却没认出来，认出来后知道是北京家喻户晓的春妮——由于郎朗管她叫“春妮姐”。春妮也是沿大运河“南水北调”的，她生在沪上，成名于京城。

刚在朋友圈上发了一组昨天郎朗给六个弟子上课时的“表情包”，竟然是那般丰富，而现场上课时的他就是那样——情绪大幅波动、喜怒瞬时转换，完全可用“大开大合、波澜壮阔、气象万千”三个词组形容，而且从始至终金句不断妙语连珠，比如“处处讲究境界，反而就没有了境界”“那三个连音要弹得像猫挠”。由此我想：俺们东北那疙瘩可真是喜剧小品人才济济，出生于沈阳的郎朗如果不弹钢琴就一定是顶级的喜剧、小品、脱口秀演员，绝对能达到赵本山、黄宏、小沈阳和海阳的水平！

从郎朗分别给六个弟子的点评演奏和示范中，我体会到弹钢琴能成为“大师”是三分在技巧、七分在情商。一段先人谱好的曲子就好比是一首现成的歌，要看你用什么“神情”演绎了，你的内心世界越丰沛你在五线谱上跳舞的能动性和艺术感就越强。而郎朗之所以与众不同能成为世界顶级的大师，就在于他真不是一个凡人，他的内心世界比我等平常人要丰沛不知多少倍。至少从他在舞台上显露出来的看，你要是不像他那样能在瞬时间从大海狂潮到平湖秋月、从炎热酷暑到寒冷严冬的反复转换，哪怕技术再熟练，你指尖下弹奏出的音符也绝不可能像他那样有故事、有节奏、有层次、有万千表情，一句话，你就将只是个“演奏者”而永远和“大师”无缘。由此说来，郎朗绝对是天成的一块罕见的宝贝，是艺术上的超人，他就如同贝多芬、莫扎特，属于生下来就口中衔着一块艺术通灵翡翠的天之骄子，因而他的“大师性”也是跨文化、跨种族、具有普世性的，难怪他能在世界舞台所向披靡，得到全球那么多人由衷的赞誉。

听郎朗的课我还想到艺术的“通性”。比如在音符和文字之间，因为在郎朗点拨那六个“后生”时，他发现的问题竟然和我自己的感觉基本一致——哪怕我并不识谱，比如哪里应该怎么怎么，那和我给学生们点评作文时的做法和效果简直异曲同工。由此说来音乐就是“有声的作文”，能否编故事（作曲）演绎故事（弹奏）和接受故事（聆听），和文学作品的生成欣赏过程几乎一模一样，其中都需要有才气的加持，都需要有情感的灌注。

（九十五）

永远理不清的男女《关系》

剧场：人艺小剧场

时间：2022 年 7 月 21 日；星期四

昨天晚上去小剧场看丁志诚、梁丹妮、徐菁遥演的话剧《关系》，万方写的剧本。

上次看小剧场的戏还是李幼斌夫妇演的，还在老地方，眼下搬进新的“世界戏剧中心”里面，绕了好一大圈才找到。我一看，还是传统式的随便乱坐，但起初满眼都是三十岁以下的年轻人，似乎都是来看男女关系究竟有多么复杂的。感觉自己太老太另类，我就换了一处座位，这时身旁才有了两三个六十岁上下的“老男人”，而且他们连怎么把手机静音都不会，紧张得四下询问，哈哈，我这才踏实了些——有同类（龄）人了嘛。

这台戏的男主角（丁志诚扮演）就是我们这么大的老大不小之人，那个出版社的领导人可真没闲着，竟然同时和老中青三代人在人生舞台上勾肩搭背，一个五六十的（老伴）、一个刚满四十的，一个才二十三的。于是，原本标准的“男女三角关系故事”被扩编成了“四角关系”。这种从结构上标新立异的编故事手法和王安忆的《长恨歌》真有一拼，只不过《长恨歌》里那个编织了多重情人网的是个女人，而《关系》里的这位乱搞男女关系的是个老得连手机怎么静音都该不太会弄的我等的同辈。

用超常规的结构构建故事，我想这是曹禺之女万方刻意为之的。那么一来天然的剧情噱头就稳妥了，只要一段段地往里面填好看（听）的说辞就行。今晚丁志诚用厚重的口音为自己和老中青三代人同时拍拖（搞关系）辩解的那些滔滔不绝的话，真如同无赖流氓的魔法话术，只听他振振有词侃侃而谈，一句句、一段段，让听者为人类语言功能（嚼舌的本领）能被如此负面使用感到惶恐和汗颜——明明是动物本能控制不住，却偏往那么形而上假大空上瞎扯，生生把黑的说成了白的。

男女关系太过复杂，不好随便议论，但当一个老爷爷和一个孙女辈的女孩卿卿我我搂搂抱抱，无论你舌头怎么好使说得如何纯情浪漫，你不是个大坏蛋，那谁还是呢？

演“三妻”中“老大”的是梁丹妮，今年六十八岁了，她那副北京老妇人的泼辣做派在京城露天广场舞的舞女队伍中比比皆是。演“老二”的徐菁遥据说是接徐帆班的人艺新台柱子，相貌倒有点像“万人迷”陈好，能不能迷倒万人不好说，迷倒小剧场里的上百号人还是富富有余的。

这是本人看万方编的第二部剧，第一部是《冬之旅》，蓝天野和李立群演的，如今他们一个已升入天堂，一个在上海被隔离两月有余。我对那部《冬之旅》的印象一般，觉得被沉重主题捆绑得有些刻板，看后还把她用“剧二代”的标签标注，但自从读过她前两年出版的《你和我》，领略了她“小曹禺”独有的文字激昂之后，就彻底膜拜这个继承了曹禺文字骨血的“剧二代”了。昨晚的《关系》更印证了我的判断，整台《关系》中台词句句有彩，含有深思熟虑的情理底蕴，任鸣导演得也好，让节奏紧凑合理，演员尤其到位，“一夫三妻”四人转转得圈圈分明。总之散场时，当我对着楼下万方老爸（曹禺）塑像（新剧场又名“曹禺剧场”）按下手机快门时，我感觉老万对着我的镜头笑出了声音。

（九十六）

一场没把冼星海音乐用足的舞剧《冼星海》

剧场：国家大剧院 · 戏剧场

时间：2022 年 7 月 28 日；星期四

这么多年看剧似乎头一回落座第一排，于是眼巴巴地等待就近欣赏舞台上的盛宴。不过最终有些失望，失望之一是特色音乐没有用足——我本来期待的是一场包括《黄河》、以冼星海音乐为背景的舞剧，那想起来都会让人激动，可编导显然忽视了我这种期盼，整台节目只有不到五分之一段落有《黄河》的旋律，就在“延安”那一场，而其他部分冼星海曲调几乎全无。难道是我没听出来吗？可能，但显然音乐创作人没有太动那方面心思，于是，几乎整晚舞剧都和冼星海笔下那些令人内心澎湃的音符没有紧密联系，全是大段落极其通用、现代感极强的亢奋乐章。它们和本来就没有太多肢体语言花样的现代舞搭配，于是空洞对空洞，以致我边看边埋怨配曲人——您能不能再上点心、再认真点把活儿做细，哪怕在乐曲中将冼星海特征的音乐元素打碎后掺和进去，也能从头到尾体现“冼星海”特色呀！

对现代舞，我真有些厌倦了！自从上次看舞剧《曹雪芹》后我就一直拒绝看现代舞，尤其是用现代舞讲述故事的戏。

现代舞和其他有动作的艺术相比——比如京剧或芭蕾舞，其弱点是艺术表现手法太单一，而且还很粗糙，似乎每个舞者（尤其是男舞者）开演后就会做那么几个特别基本的动作，啥动作？比如手左比画一下、右比画一下——跟打螳螂拳似的，然后呢？没啦！就好比写毛笔大字别的不会只会一撇和一捺，笔划一两下子还行，那可是整场呀？看得你不枯燥都不行。

望着舞台上“冼星海”做的那些无比辛苦的动作，我不自觉想起在海洋馆看到的那些水母，它们的舞姿是多么美呀，简直美轮美奂目不暇接，而且移动得如闪电般迅捷！于是我想到，人类的肢体语言和其他物种相比原本就是低能的，除了极少数杨丽萍那样的“舞神”之外，即使是职业舞蹈演员，一般人也就一撇一捺打螳螂拳的水平。

这么说未免太不厚道，也对不起演冼星海舞蹈演员一晚上的辛苦，不过我只是实话实说。再说，说在舞蹈和肢体语言上我们比很多动物逊色，这不算丢人吧。

说到冼星海，说到《黄河大合唱》，那是我敬佩单子上的第一名，我还曾在哈萨克斯坦阿拉木图和冼星海雕像合影，他曾在那里避难。

可惜呀，冼星海最后凄苦地病逝在莫斯科，而且还是在1945年10月，那时候反法西斯战争都胜利了，可你却去了，带着你赤诚鲜红的心和你百年难得一遇的天分。

向冼星海致敬，也向从宁波来的年轻舞者们道声辛苦。

（九十七）

头一次去梅兰芳大剧院、头一回看《西厢记》

剧场：梅兰芳大剧院

时间：2022年7月31日；星期日

今晚开了两个先例：第一次去梅兰芳大剧院看戏、第一回看昆曲《西厢记》。

生活中有一种奇特的现象：你越熟悉的你就越陌生。梅兰芳大剧院我几乎每天都从它身旁路过——它就在我到语言大学上班的路上，可自从它落成后我竟然从没进去过一次。同样，《西厢记》我似乎再熟悉不过，但演出开幕后才察觉自己竟然从没看过舞台上的《西厢记》。都花甲之年了，再不看，可就真错过了啊。

一辈子我们错过的东西太多，令人愤怒的是错过眼前的那些。

《西厢记》可真好。最近被现代"艺术"折磨过几次（比如话剧《狂人日记》）的我一听那悠扬的昆曲，狂躁的心就仿佛被打了针镇静剂，是的，所有被称为"古典"的艺术对人类的心灵都多少有镇定抚慰的作用。

"莺莺""张生""红娘"——每个昆曲演员都是一枚精雕细刻的工艺品，用他们的硬功夫从小塑造而成，从剧情到表演，整场下来没有半处是多余的。

昆曲最好看的是台词。虽然那些从元代而来的词语你似懂非懂、一知半解，但那可是语言的"活化石"，那字里行间的魅力和学问是无穷的。今晚，我还从台词里面挑出了一个日语词汇——"利口"，意思是"聪明""伶俐"。现在汉语已经基本不用"利口"二字了，但在日文里还在按元代的意思使用。

说《西厢记》我无比熟悉，因为它是被埋藏在《红楼梦》里的。贾宝玉林黛玉偷着读《西厢》，读的就是今晚我眼前这台戏的剧本。"银枪蜡样头"——那句话从林黛玉口中说出，她说的可是十四世纪的剧本，而林黛玉生活的世纪已经是第十八个了。在林黛玉眼中《西厢记》是古书，而在我们看来，《西厢记》和《红楼梦》都是古书。人类就是这样，你先作古，被我缅怀，我再作古，再被他人缅怀。

巧了，下午刚看完一个 20 世纪 60 年代的美国电影《相逢何必曾相识》（Strangers When We Meet），由金·诺瓦克

（Kim Novak）主演，一头金发的她据说是“梦露第二”。其实那个故事和《西厢记》大同小异，说的都是两个陌生人相逢后热恋，只不过它们相隔了六百多年之久。从《西厢记》到《红楼梦》再到《相逢何必曾相识》，六七百年下来人类两性的基因没有改变，地球上绝大多数的男人女人都像是随身佩戴着一块磁铁，一半人是阴性的、一半人是阳性的，只要走到一起，就被命运主宰“啪”的一下拥抱吸引，连分开都费力气。

不过，《西厢记》《红楼梦》《相逢何必曾相识》的结局是大不同的，《西厢记》的张生万一考不上状元——像他“准岳母”要求的那样，那么他还能和崔莺莺终成眷属吗？《红楼梦》更不用说，结局惨兮兮的，至于《相逢何必曾相识》里的两个 Strangers（陌生人），他们也最终没能走到一起，从“陌生人”到“热恋人”之后，又重新回到了各自的“陌路”。

（九十八）

大慈大悲的话剧《窝头会馆》

剧场：保利剧院

时间：2022 年 8 月 7 日；星期日

刘恒老师编剧，张国立导演，郭德纲、于谦主演。

这是第二次看刘恒老师编剧的《窝头会馆》，上一次是几年前，一票难求，最后戏票还是刘恒老师亲自送给我的。

莫大荣耀！

在老同学的提示下想起来了，上次的那屉“窝头”中的“角儿”是两位女演员——宋丹丹和徐帆，想起两人像母鸡斗法那样在舞台上对决，挺搞笑的。

今晚去奔的“角儿”无疑是郭德纲和于谦。大约二十年前在郭德纲刚刚出名的时候，我与他在国贸商场面对面走过一次，仿佛梯形台上的两个男模特相对而过。

后来，随着看他俩那些十分“边缘”的相声视频，我从普通关心到非常崇拜直至奉为榜样，因为郭德纲他们（所有民间相声艺人）传承的实质上是一个民族的“文化内功”——几千年来底层蕴含的那股气息，那一丝经久不断之气。岂止是他们，刘恒老师呕心沥血所撰的《窝头会馆》中暗含的，岂不也是同样的那股血脉？那股虽然稀稀拉拉却从不肯断流的、被京味包裹着的民族文明血脉和生存智慧？

市井的却不低俗，民间的却不失雅趣，苦哈哈乐着却好似滴血观音。没错，“晚年”郭德纲的表演艺术和熟透的刘恒作品的气韵是相通和一致的，都是大喜大乐中有着无限的大慈大悲大苦和大哀，那种悲悯绝不限于新旧时代变更的那个暂时的“梗”。那个“梗”其实只是一个外在的形骸，作者们（剧作家和演员）利用那样一个故事的“托儿”，实质上托起的是各自心底对艺术最高境界的追求，是假借故事抒发从上古继承下来的华夏子弟的坚韧品格。华夏子弟达观洒脱，深陷苦难的旋涡中仍有自嘲的解脱技巧和能渡人渡己的潇洒诙谐。总之，《窝头会馆》的寓意正像是那黄澄澄硬邦邦的窝头，其形状既酷似马粪、牛粪又好似神圣的金字塔，其内涵既属于营养丰富可用于充饥的五谷杂粮，同时又是能令人敬仰的黄金疙瘩。那个窝头有冲上无限延展的感觉，同时窝头的肚子里面又恰能躲藏很多的故事、情绪、冲动和忧伤。

中国人活得很不容易，几千年来那么多轮次的时代大戏在这块土地上走马灯似的上演，北京墙头的“大王旗”打起来又倒下去。芸芸百姓们呢，不求大富大贵，最多只求有个像“窝头”的房屋遮风避雨，平民百姓就仿佛是那自筑巢穴中的一团团蝼蚁，但偷生谈何容易，不装糊涂自嘲自残可咋好好活着？“会馆”建了又拆、拆了又盖，“窝头”得手易手哪里来的永久保障？甭管你迷信哪路大仙——信观世音、信玛利亚还是信关云长，只要地球还在转着，只要百姓仍需继续活着，那么《窝头会馆》这台三小时都没看够的悲喜大戏就会永久地被翻演下去——只因我们都是窝头肚子中趴着的人。

（九十九）

观话剧《人世间》，动容对号入座

剧场：国家大剧院 · 戏剧场

时间：2022 年 8 月 14 日；星期日

今晚这部剧是《百剧宴》写作的第九十九场，因此剧还没开始我就小激动了起来——既然活在人世间，谁都难免有不同心态的时候。

三个小时的剧不算长。从容纳一部一百一十万字巨著情节的角度上说，就好比一万只橘子非要塞进一个筐子里。起初我担心的是筐太小盛不下那些，但这部剧的编剧和导演显然是做到了：三小时不长也不短，恰好将所有的剧情精华都浮光掠影似的一一呈现，而且还那么能调整情绪的高低潮、能时不时用真情打动观众，真是很了不起。

感叹作家梁晓声的伟大：他竟然能将时隔五十余年的两个时代的故事编成两大系列的史诗，头一部是 20 世纪 60、70 年代的“知青史诗”，第二部就是这部表现后三十四年中国平民百姓生活变迁的《人世间》。

写史诗级的作品是要先猛吃“时代演变大餐”的。通常一部史诗需要至少二三十年的“时代悲欢离合的故事”做文字巨兽的“饲料”，而且那个“史诗”怪兽的吞吐消化量极大，所以一般一个作家一辈子留下一部史诗级的作品（或者成为一个历史事件的公认代言者）就已经是作家中最重量级的了，而梁晓声却偏偏成就了两个——一个“知青史诗记录者”和一个“东北改革开放平民生活史”的撰写者。因此说他是时隔半个世纪老树开新花，真乃笔头军中的老英雄也！

时代故事是作家的广阔麦田，作家是那些金穗的收割机，梁晓声一人就独自割了两茬，他锋利的钢笔收割机所到之处丰收满满，而且收割之后寸草不生！同时梁大作家“敛故事”的尺度硕大无比，稻子稗子蒿草都统统收纳。

《人世间》中张力紧绷的元素应有尽有：枪毙人的场面、妇女被强奸后生子、美国校园中中国少年因枪击丧命、城市最穷街区（‘光字片’）拆迁，北大才子才女同出一门、省长女婿小阁楼入赘、无德诗人移情别恋、男主人公失手杀人，等等，这些元素无论放在那个故事中都会出彩，何况是将所有那些都放进一个炉灶中用猛火熬煮，端出来的必定是一盆盆能让观众（读者）瞠目激动的“横菜”。

至于《人世间》里的人物似乎每个人都能将自己局部对号入座，本人对号的就是周炳坤——那个平庸老实的二儿子。

回望本人这四十来年的足迹所至范围，作为家中的“老二”原本和家兄都安居北美，父母进入晚年后，二十多年前我从北美煞费苦心费尽周折而归，一心一意只为父母养老送终。从那以后我从二十多年前的“绕半个地球的商旅者”开始以每五年为一段落的节奏一圈圈缩小活动半径：从绕半个地球到绕半个洲（亚洲）再到绕半个国（中国），然后再到绕半个城市（北京），直到父母离世前的绕半个区（西城），也可以说完全为尽孝牺牲了自己金色年华的活动空间、资质、身份以及生命时光，这值得吗？不后悔吗？

今晚在《人世间》的最后一幕，周家全家人围坐在炳坤的周围（包括以及离世的父母）异口同声为他做“你才是全家最有出息的那一个！”的最后评语，二楼上看戏的我很是动容，感觉那句话也是为我这个“齐家老二”说的。

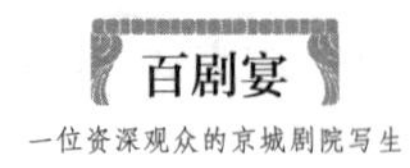

（一〇〇）

《百剧宴》一书的压轴大戏——陈佩斯父子的话剧《惊梦》

剧场：国家大剧院 · 戏剧场

时间：2022 年 8 月 20 日；星期六

今晚这场戏非同小可，是《百剧宴》的第一百场压轴，是陈佩斯主演的《惊梦》，而且“二渠道”的票价不菲。因此我从天亮起就盼天黑，就一段段“攒觉”——睡足觉怕晚上没精神，总之老是心里不安的，非要把最后一场戏看透看好看出滋味看回票价，非要把我佩服的陈佩斯面目看清。

居然是戏剧场池座的第一排！开始不敢相信，见落座后没人和我抢位子才相信，但位置是最左边，有时要斜着脑袋看舞台犄角的剧情，但这已足够满足“视觉大餐”的标准了，尤其是陈佩斯在就离我五六米的地方用熟悉的高音独白的时候，仿佛在场的就只是我和他二人。

陈佩斯的儿子陈大愚先出场，我上次说过他是个小才子，是个谁都想把他当儿子的那种好青年。随后带着小激动，我终于看到了他爹。

说不准这一轮演出是已经年近七旬陈佩斯的最后一轮演出，舞台上的他显得有些苍老，变苍老的他居然和他爸爸陈强一模一样。其实这台《惊梦》就是为陈家三代人量身定制的戏，因为剧中提到过第一位演《白毛女》黄世仁的陈强——陈佩斯的爹、陈大愚的爷爷，由此，你眼前仿佛晃动着祖孙三代“黄世仁”，第一号已在天堂，二号、三号就在我目前的舞台上晃悠。

《惊梦》是我看过三台陈佩斯导演的喜剧中最好的一个，它既能为他的三台戏压轴，也能为我这部《百剧宴》压轴，甚至或许还能为2022年度全年我看过和即将要看的所有剧目压轴。它似喜实悲，它笑中藏哭，它哀哭的是昆曲、是古典、是艺术根性和文化传统，它控诉的是五六百年艺术的美丽花朵和几十年身处纷乱环境之间的不适应、难融合，它用长久对抗暂时，用永恒对抗瞬间，用不变对混乱，用哀鸣对抗枪炮子弹。

《惊梦》的反讽和谐谑不能用简单的“包袱”形容，它暗含着诸多结构性的不协调和荒诞，而这完全符合我心目中最高级喜剧必备的逻辑性荒谬的要求——比如强行让一个昆曲名班子演歌剧《白毛女》，而且是先给共军、后给国军演出。

再说陈佩斯，作为一个艺术家他值得被尊敬是毫无争议的。老陈家三代“黄世仁”，三片绿叶将那么多纯真的“白毛女”陪衬，陈家可算对中国演艺事业贡献居功至伟。而我呢，能在头一排哪怕是斜着脑袋和他父子面对面看“堂会”，也算是上世修来的福分。

转话题到本书《百剧宴》的收尾——我用“艺术超越时空和朝代，艺术永远至上”为内在主题的《惊梦》大戏为此书收场，可以说是人意和天意的安排。

自从 2019 年五月第一场戏开幕、我开笔以来，三年来我坎坎坷坷、不辞辛苦，我不论酷暑严寒、不管中午晚上，我哪管剧场在郊野在庙堂，在大剧院在首都剧场，我一场场看，我一字字评，我每次回家都连夜奋笔疾书，我写完时常不易入睡，更何况三年来“新冠”小儿如此顽固猖狂，三番五次卷土重来，导致剧院不时大门紧闭，但我从未放弃，但我停工后又复开工。一百场戏剧多像是一百场梦，有美梦，更有惊梦，有预期更有意外，但诸君须知：一百场古今中外的大戏，无论是音乐、舞蹈还是戏剧、讲座，无论借助哪种形式，它们秉承的都是统一的几个执念，那就是“艺术不朽”“艺术超越现实”“艺术超越眼下”“只有艺术生命永恒”。艺术带给人类的永远是惊梦是惊喜，是希望和欢乐以及反思，总之就像《牡丹亭》里昆曲的亘古唱腔那样，无论持何种信仰，在它的“美色”面前，谁都是嗷嗷待哺的幼婴。

《百剧宴》全书完。

2022年8月20日晚23点34分

齐一民（齐天大）作品目录

- ○《妈妈的舌头——我学习语言的心得》（随笔集）
- ○《总统牌马桶》（长篇小说）
- ○《马桶经理退休记》（长篇小说）
- ○《柴六开五星 WC》（中篇小说集）
- ○《永别了，外企》（小说）
- ○《我与母老虎的对话——天大对话录》（对话集）
- ○《我在好莱坞演过一次电影——天大杂说录》（随笔集）
- ○《可怜天下 CEO——一个非典型公司的管理手记》（小说）
- ○《我爱北京公交车——公交车里趣事多》（小说）
- ○《四十而大惑——是关于生命的》（随笔集）
- ○《谁出卖的西湖》（小说）
- ○《自由之家逸事：新乔海外职场“蒙难”记》（长篇小说）
- ○《走进围城：新乔“内外交困”记》（中短篇小说集）
- ○《日本语言文字脱亚入欧之路——日本近代言文一致问题初探》（文论）
- ○《爸爸的舌头——天大谈艺录》（随笔集）

- 《商场临别反思录》（小说）
- 《四个不朽——生活、隽文、音乐和书法》（随笔集）
- 《梅花三“录”》（随笔集）
- 《小民杂艺秀》（随笔集）
- 《雕刻不朽时光：我用博文写春秋》（长篇系列小说、共六部）
- 《我的名字不叫“等”——戌狗亥猪集》（诗歌随笔集）
- 《2020，我们的文学伊甸园》（合著）（文学评论）
- 《小民神聊录——庚子文存》（诗歌随笔集）
- 《六十才终于耳顺》（小说随笔集）
- 《似水牛年的挣扎》（诗歌随笔集）
- 《百剧宴——一位资深观众的京城剧院写生》（音乐戏剧评论集）